插图珍藏本

恶之花

波德莱尔作品菁华集

［法］波德莱尔（Charles Baudelaire）◎著

郑克鲁◎译

Les Fleurs du Mal

C**1**S 湖南文艺出版社
PUBLISHING & MEDIA HUNAN LITERATURE AND ART PUBLISHING HOUSE

博集天卷
CS-BOOKY

图书在版编目（CIP）数据

恶之花：波德莱尔作品菁华集 /（法）波德莱尔（Baudelaire，C.）著；
郑克鲁译.—长沙：湖南文艺出版社，2014.7
ISBN 978-7-5404-6756-2

Ⅰ. ①恶… Ⅱ. ①波… ②郑… Ⅲ. ①诗集—法国—近代
Ⅳ. ①I565.24

中国版本图书馆CIP数据核字（2014）第108198号

上架建议：青少年阅读·经典名著

恶之花：波德莱尔作品菁华集

作　　者：[法]波德莱尔（Charles Baudelaire）
译　　者：郑克鲁
出 版 人：刘清华
责任编辑：薛　健　刘诗哲
监　　制：陈　江　毛闽峰
特约编辑：薛　婷　丛龙艳
封面设计：张丽娜
出版发行：湖南文艺出版社
　　　　　（长沙市雨花区东二环一段508号　邮编：410014）
网　　址：www.hnwy.net
印　　刷：北京市兆成印刷有限责任公司
经　　销：新华书店
开　　本：880mm×1270mm　1/32
字　　数：134千字
印　　张：7
版　　次：2014年7月第1版
印　　次：2014年7月第1次印刷
书　　号：ISBN 978-7-5404-6756-2
定　　价：28.00元

（若有质量问题，请致电质量监督电话：010-84409925）

《恶之花》
序

沙尔·波德莱尔（1821—1867）在法国诗歌乃至欧美诗坛上的地位是划时代的，他对后世的文学创作产生了极其深远的影响，被称为现代派文学的鼻祖。

《恶之花》（1857）是波德莱尔的代表作，也体现了他的创新精神。创新之一在于他描写了大城市的丑恶现象。在他笔下，巴黎风光是阴暗而神秘的，吸引诗人注目的是被社会抛弃的穷人、盲人、妓女，甚至不堪入目的横陈街头的女尸。波德莱尔描写丑和丑恶事物，具有重要的美学意义。他认为丑中有美。与浪漫派认为大自然和人性中充满和谐、优美的观点相反，他主张"自然是丑恶的"，自然事物是"可厌恶的"，罪恶"天生是自然的"，美德是人为的，善也是人为的；恶存在于人的心中，就像丑存在于世界的中心一样。他认为应该写丑，从中"发掘恶中之美"，表现"恶中的精神骚动"。波德莱尔在描绘人的精神状态时往往运用丑恶的意象。以《忧郁之四》为例，诗中出现的意象全部是丑的：锅盖、黑光、潮湿的牢狱、胆怯的蝙蝠、腐烂的天花板、铁窗护条、卑污的蜘蛛、蛛网、游荡的鬼怪、长列枢车、黑旗。这些令人恶心的、丑陋的、具有不祥意味的意象纷至沓来，充塞全诗，它们显示了"精神的骚动"。总之，波德莱尔以丑为美，化丑为美，在美学上具有创新意义。这种美学观点是20世纪现代派文学遵循的原则之一。

创新之二在于展示了个人的苦闷心理，写出了小资产阶级青年的悲惨命运。在诗歌中表现青年的这种心态，是别开生面的。浪漫派诗歌表现爱情的失意、精神的孤独、政治上的失落感，在挖掘人的深层意识方面仅仅是开始。波德莱尔从更深的意义上来理解忧郁，他认为美的典型中存在不幸。忧郁是《恶之花》要表达的最强音。从整部诗集来看，诗人写的是人在社会中的压抑处境。忧郁像魔鬼一样纠缠着诗人。忧郁是对现实生活不满而产生的病态情感，也反映了小资产阶级青年一代命运不济，寻找不到出路而陷于悲观绝望的心境，正如诗集初版时广告的说明和评论所说，《恶之花》"在于勾画现代青年的精神骚动史""表现现代青年的激动和忧愁"。

忧郁苦闷这种精神状态是诗人身世经历的产物。他的一生是一系列悲剧的组合。波德莱尔六岁丧父，母亲改嫁。波德莱尔不满于母亲的改嫁，与继父的关系一直不好。继父严厉而狭隘，使敏感的孩子陷入了深深的忧郁。波德莱尔读书时忍受着忧愁和孤独之苦，上大学时生活放纵，以反抗家庭的管束。为此，他的家庭要他到印度去旅行，但他由于思乡而中途返回。不久，他把父亲的遗产花光了，只得自食其力，写作文艺评论和诗歌。1848年的革命曾经激发起他的革命热情，随着拿破仑三世发动政变，他又消沉下去。他不满现实和反抗的情绪，正是当时小资产阶级青年的心态流露。《恶之花》表现的就是这种精神苦闷。

波德莱尔有一套诗歌理论，运用到了《恶之花》中。首先是通感，同名十四行诗指出了不同感觉之间有通感："香味、颜色和声音在交相呼应。"随后诗歌做了具体的阐发，表明一切感觉是相通的。在其他诗歌中，波德莱尔提出诗歌应该同别的艺术相通（《灯塔》《面具》）。波德莱尔认为，通感是一种"联想的魔法"，属于"创作的隐蔽法则"，艺术家由此能够深入艺术更高级的殿堂。雨果称赞波德莱尔"创造了新的战栗"。

波德莱尔主张运用"艺术包含的一切手段"，他主要运用的是象征手法：以具体意象去表现抽象观念，其含义是丰富的、复杂的、深邃的，具有哲理性。在他笔下，时间、美、死亡、偶然、羞耻、愤怒、仇恨……都拟人化了，也就是运用了象征手法。为了捕捉大量的意象，诗人需要发挥想象："想象是真实的母后。"波德莱尔将想象看作各种才能的母后，认为它是天才的主要品质，能把抽象的精神现象和各种概念以具体的意象传达出来。

波德莱尔在诗歌创作上的创新欲望是非常强烈的。他一开始诗歌创作，就明确地意识到要理解艺术的"现代性"。所谓"现代性"，就是要从现实生活中抽取具有历史性的内容，抽取反映现代本质的具有诗意的东西，也就是从现时事物中抽取具有永恒价值的东西。这种现代意识，是导致他提出一系列新观点、取得杰出成就的主要原因。

波德莱尔十分注意语言的锤炼，挖掘语言的宝藏。他反对写长诗。布瓦洛在《诗的艺术》中写道："一首没有瑕疵的十四行诗，抵得上一首长诗。"这句话可以用作波德莱尔的座右铭。《恶之花》以十四行诗和短诗组成，体现了他的这种主张和锤字炼句的功夫。

本诗集搜集了《恶之花》的主要诗作，足可反映它的全貌，可供青年读者阅读。

郑克鲁

目录

∨∨∨∨∨∨

忧郁与理想
Spleen et idéal

巴黎风光

Tableaux Parisiens

死亡

La Mort

增补诗

Pièces

致读者*

愚蠢，错误，罪恶，还有锱铢必较，
占据我们头脑，纠缠我们身躯，
而我们将自己可爱的悔恨培育，
如同乞丐供养着他们的跳蚤。

我们的罪恶顽劣，悔恨却不够，
我们坦露心迹，要有丰厚报偿，

---

* 本诗最初发表于1855年6月1日的《两世界评论》，位于各版《恶之花》正文诗篇前。1857年《恶之花》出版，收入诗歌100首。同年因取材大胆，《恶之花》被法院判决删去其中6首诗。1861年，《恶之花》再版，除去那6首诗外，新收入35首诗。据七星丛书编注者分析，这首诗具有双重含义：罪恶不仅是诗人的，还是读者的。每节押韵方式为abba。

我们回到泥泞小道，喜气洋洋，
以为廉价的眼泪会洗尽污垢。

至高无上的[①]撒旦在恶的枕畔，
久久地摇晃我们着魔的头颅，
我们的意志好似贵重的金属，
被这博学的化学家化为轻烟。[②]

是魔鬼牵动着线来左右我们！
我们在丑陋事物上发现魅力；
我们每天朝地狱下一个梯级，
没有恐惧，穿越黑暗，臭不可闻。

好似一个浪荡穷鬼又咬又吻，
一个老婊子受尽摧残的双乳，
我们顺便偷尝那秘密的欢愉，
像挤久存的橘子，劲儿要使得狠。

一群魔鬼[③]，犹如蛔虫千百只，

---

① 至高无上的（trismégiste），意为"三倍伟大的"，亦即非常伟大的，一般用
来形容魔术和秘术之神赫耳墨斯。

② 在《我袒露的心》中，波德莱尔写道："'我'化为轻烟又凝聚起来。这就是
一切。"这是诗人向自己提出的心理和伦理问题。

③ 在亚历山大时代的作品《牧人》中，描画了一幅与之相同的图景：一大群魔鬼
占据了空间，呈现在人的头脑中，使人的灵魂趋向魔鬼；魔鬼"藏在我们的神
经、骨髓、血管、动脉和头脑里，甚至深入五脏六腑"。

聚集在我们脑袋里吮吸已久，
我们一呼吸，死神这无形的河流
低沉哀吟，流进我们的肺腑里。

假如奸淫、毒药、匕首，外加火灾，
还没有运用惹人怜爱的构图
装点我们可悲命运的平凡画幅，
是由于我们的心，唉，不够豪迈。

但是，历数那些豺狼、花豹、猎狗、
猴子、蝎子、秃鹫、毒蛇，林林总总，
在我们的罪恶这座卑污动物园中，
不乏尖叫、怒吼、狂嗥、爬行的怪兽。

有一只更丑、更凶、更脏里巴儿！
虽然它不张牙舞爪，也不叫喊，
它却想把大地变成残骸一片，
打一个哈欠，再把寰球一口吞噬。

这就是烦恼！——不由得泪含眼中，
它边抽水烟筒[①]，边憧憬断头台。
读者，你认识它，这难缠的妖怪，
——虚伪的读者，——我的同类——我的弟兄![②]

003

---

① 这是浪漫派艺术家富有异国情调的装饰品。
② 这行诗用破折号加逗号，在于强调，节奏放慢。

恶之花 波德莱尔作品菁华集

忧郁与理想

Spleen et idéal

祝福*

当年，最高天意下达一道命令，
诗人在这世上出现，感到忧愁，
他的母亲惶恐不安，咒骂不停，
向着怜悯她的天主捏紧拳头：

——"唉！我宁愿生下的是蝰蛇一团，
也不愿生下微不足道的孬种！
真该诅咒片刻欢乐的那夜晚，
要我赎罪的人孕育在我腹中！

"既然你从所有女人中把我选出，
让我忍受可鄙的丈夫不理睬，
既然我不能把他往烈火投入，
像情书一样，烧掉这羸弱妖怪，

"你的仇恨折磨我，我就要转嫁它，

---

* 本篇最初发表于1857年《恶之花》初版中，列为《忧郁与理想》第1首。诗歌带
有自况成分，其中可以看到浪漫派的主题：天才和诗人受到社会的诅咒，这种诅
咒是天赋的标志，因而也是祝福的标志。本诗渗透了受到冷漠对待、不被理解和
孤独之感。每节诗交叉押韵。

在你该死的恶意工具上发泄，

我要把这可恨的树多扭几下，

不让它长出毒化空气的蓓蕾。"

她这样咽下充满仇恨的唾沫，

并不懂得天意是永恒不变的，

她亲自在焦热地狱①里往上搁

为惩治母亲之过的火刑柴堆。

但是，一个天使暗中呵护殷勤，

被摒弃的孩子在阳光中陶醉，

他所喝的饮料，他所吃的食品，

都是佳肴美馔，都是琼浆玉液。②

他戏弄轻风，跟浮云絮语低吟，

唱起了歌，迷醉于十字架之路③。

紧紧跟随着他去朝圣的精灵，

见他像林中鸟般快活而痛哭。

---

① 焦热地狱原指耶路撒冷的欣嫩子谷，在这里指用儿童祭祀摩洛神或巴力神。

② 孩子——诗人是浪漫派的又一题材，最先出现在德国诗人约翰·保罗·里克特
和诺瓦利斯的诗作中。孩子的天真无邪使诗人能与大自然相沟通。波德莱尔在
《现代生活的绘画》第三章中谈到这一题材："孩子在新生中看到一切，他总
是沉醉的。没有什么比孩子接触到形式和色彩时的快乐更像所谓的灵感了……
天才只不过是着意拣到的孩子。"

③ 像耶稣受难之路。

他想爱的人都恐惧地审视他，
或者见他沉静而变得有胆量，
千方百计地使他也抱怨一下，
大试身手，对他露出一副凶相。

在给他进餐的面包和美酒里，
他们掺进了恶心的痰和灰烬；
他碰过的，他们都假惺惺地抛弃，
而且自责曾经踩过他的脚印。

他的妻子来到广场上大声叫喊：
　"既然他觉得我很漂亮，爱上我，
我就要学装饰古代偶像一般，
模仿它们，要打扮得金光闪烁；

　"我会陶醉于甘松茅、没药、乳香，
陶醉于阿谀奉承、肉食和美酒，
看我能否从爱我情侣的心脏
笑吟吟地把顶礼膜拜全夺走！

　"待我对这渎神玩笑感到厌倦，
我纤细有力的手落在他身上，
指甲像哈尔比亚①的利爪一般，

————————

① 哈尔比亚，希腊神话中司暴风的有翅女怪。

划开一条通道，直达他的心房。

"像只小鸟，抓住它时瑟瑟发抖，
我要从它胸膛掏出殷红的心，
为了供我的宠物能吃得饱透，
把心扔到地上，丝毫没有怜悯！"

诗人看到天上有灿烂的宝座，
他宁静而虔诚地举起了双臂，
他明晰的头脑大片光芒闪过，
使他看不清群众的冲天怒气：

——"祝福你，天主，你赐予人的不幸，
像治疗我们病体的妙药灵丹，
又像最优异和最纯粹的香精，
为强壮的人准备圣洁的快感！

"我知道你给诗人保留了位置，
就坐在天使的真福队列里面，
你邀请他去参加第三级天使、
力天使、权天使①的永恒欢宴。

---

① 天主教曾将天使分为九级。力天使为第五级天使，权天使又译作主天使，为第
　四级天使。

"我知道痛苦是唯一高尚情怀，
永远不会被人间和地狱损伤，
为了编织我至高的花冠，应该
收罗一切日月星辰、岁月韶光。

　　"但古代巴尔米拉①遗失的首饰，
不为人知的金属，海里的珍珠，
由你亲手镶嵌，也许仍不足以
制作这一顶华冠，它耀人眼目；

　　"因为它只能用纯粹之光制成，
要从原始之光的圣炉中搜全，
凡人肉眼不管如何明亮炯炯，
也只不过是黯然神伤的镜面！"

---

① 巴尔米拉，意为"棕榈树"，叙利亚中部一座古城，在大马士革东北方，公元
　　前3000年即被提及，如今大部分废墟都建于2世纪初。

信天翁*

船上水手时常为了消遣好玩，
捕捉信天翁，这种巨大的海鸟①，
真是一些懒洋洋的航海旅伴，
在滑过苦渊②的航船后面缠绕。

水手刚把信天翁放在甲板上，
这些蓝天之王，笨拙而又羞惭，
可怜巴巴地把巨大的白翅膀
像双桨一样拖在它们的身畔。

这有翼的旅客，多么呆笨憔悴！
刚才那么美，如今丑陋又可笑！
一个水手用短烟斗激怒鸟嘴，
另一个，瘸腿模仿会飞的跛脚！

---

* 本篇最初发表于1859年4月10日的《法国评论》，后收入《恶之花》第二版列为
第2首。据波德莱尔的朋友欧内斯特·普拉隆回忆："无疑，《信天翁》是在他
航行时的一次事件中得到启发的。他返回后给我们叙述过。"又说："《信天
翁》无疑是他从航行带回来的唯一一诗篇，我想说是在航行期间写成的。"但也
有其他说法。福楼拜认为："《信天翁》在我看来是一颗真正的钻石。"交叉
押韵。
① 信天翁展开翅膀可超过三米半。
② 大海的婉转说法。

诗人恰好跟这云天之王相同，
它出没于风暴中，嘲笑弓箭手；
一旦流落在地上，在嘲弄声中，
它巨人的翅膀却妨碍它行走。

飞天*

在池塘的上空，在幽谷的上边，
在高山、森林、云彩、大海的上方，
越过浩渺天空，也越过了太阳，
越过了星空霄汉的漫漫边沿，

我的精神，你灵活自如地翻跹，
像个游泳好手，痴迷在水波中，
你欣喜地划开这无垠的太空，
带着难以形容的强烈的快感。

远远地飞离这致病的疫气吧，
到高高的天空中去变得纯净，
将充满澄澈空间的光辉畅饮，
就当作纯粹的神酒一样吞下。

恶之花 波德莱尔作品菁华集

010

---

* 本篇最初发表于1857年5月17日的《阿朗松日报》，与《祝福》和《通感》连
接，收入《恶之花》初版列为第3首。精神在摆脱肉体负担之后，重新获得孩子
般的纯洁，通过这种净化，精神重又能够理解"百花之语和无声事物的语言"，
也就是通感。诗人在听过德国作曲家、剧作家瓦格纳的《罗恩格林》之后写道：
"我感到从重力的束缚中解脱出来，通过回忆，重新获得在'高处'流动的'快
感'……于是我充分设想在明亮的环境中活动的心灵、由快感和认识形成的狂
喜，同时翱翔在自然界之上，而且远离开它。"每节诗押韵方式为abba。

谁能撇开充满迷雾般的生活
那压抑人的烦恼和深沉忧郁，
鼓起那有力的翅膀，冲天飞去，
到光明宁静之境，那真是快活；

他在早晨让思想去驰骋蓝天，
宛如云雀一样，自由自在飞越，
——他翱翔在生活之上，善于理解
百花之语和无声事物的语言。

通感*

自然是座庙宇，有生命的柱子，
有时候发出含含糊糊的话语；
人从这象征的森林穿越过去，
森林观察人，投以亲切的注视。

仿佛从远处传来的悠长回音，
混合成幽暗而深邃的统一体，
如同黑夜，又像光明，广袤无际，
香味、颜色和声音在交相呼应。

有的香味嫩如孩子肌肤那样，
柔和像双簧管，翠绿好似草原，
——其余的，腐朽、丰富和得意扬扬，

---

* 本篇最初发表于《恶之花》初版中，列为第4首。诗人在《1846年画评》中引用
过德国作家霍夫曼一则故事中的话："我感到色彩、声音和香味之间的一种类似
和紧密结合。我感到所有这些东西都是由同一柱光线产生的，也应该汇合在一种
神奇的音响中。褐色和红色忧思的气味特别对我产生一种魔力。它使我陷入深深
的梦想，于是我听到好像远处传来双簧笛沉浊而深邃的声音。"巴尔扎克的《冈
巴拉》中写道："声音是另一种形式的光。"《塞拉菲达》中也写道："色彩是
光或旋律。"这些都是对通感的表述。这首诗是表达波德莱尔诗歌理论的重要作
品，具有纲领性意义。这首十四行诗的押韵方式为：abba, cddc, efe, fgg。

具有无限事物那种扩散力量，
龙涎香、麝香、安息香、乳香一般，
在歌唱着头脑和感官的热狂。

灯塔*

鲁本斯，遗忘之河，懒散的花园，
新鲜肉的枕头，上面不能恋爱，
但生命在涌流，活动一直不断，
像气息在天空，像浪涛在大海；

达·芬奇，深邃而又幽暗的镜子，
那里，带着极神秘的甜蜜笑容，
迷人的天使们显现在那封闭
天国的松树和冰川的阴影中；

伦勃朗，充满细语的愁惨医院，
那里只装饰一个巨大十字架，
带着哭声的祈祷从污物粪便
和突然射入的寒光之中散发。

米开朗琪罗，这块空地只看见
赫拉克勒斯①混入基督受难图，

---

* 本篇最初发表于《恶之花》初版中，列为第6首。交叉押韵。
① 赫拉克勒斯，希腊传说中最有名的英雄，建立了十二项伟绩，成为大力士的代
　名词。

笔直站立的强大幽灵在傍晚
伸开手指撕掉他们的裹尸布；

拳击手的愤怒，农牧神的无耻，
你善于搜集军中仆役的俊逸，
倨傲仁慈的心，皮肤黄，体无力，
皮热①，苦役监犯人忧郁的皇帝；

华托②，这狂欢节，许多显贵皇亲，
仿佛蝴蝶，闪闪发光，穿梭来往，
吊灯照亮的鲜艳轻佻的背景，
给团团旋转的舞会注入疯狂；

戈雅，充满着陌生事物的噩梦，
在巫魔夜会中被煮熟的男胎，
照镜的老女人，赤裸裸的女童，
为的是引诱拉好袜子的鬼怪；

德拉克洛瓦③，出没坏天使的血湖，
四季常青的枞树林掩映其间，
在忧郁的天空下，铜管乐过处，

---

① 皮热（1620—1694），法国雕刻家，曾生活在以苦役监闻名的土伦，制作过农
　牧神小塑像和赫拉克勒斯等大力士的塑像。
② 华托（1684—1721），法国画家，作品有《佳节》《意大利演员》等，大多描
　绘贵族寻欢作乐的场景。
③ 德拉克洛瓦（1798—1863），法国画家。

音乐古怪，像韦伯①憋住的长叹；

这些诅咒，亵渎的话，埋怨呻吟，
这些迷醉、叫喊、泪水、感恩诗篇，
是千百个迷宫传过来的回音，
这对凡人的心是神圣的鸦片！

这是千百个岗哨重复的喊话，
也是千百个话筒发出的命令；
这是照亮千百个城堡的灯塔，
也是在密林迷路的猎人呼应！

天主，因为那种我们确实可以
作为人类尊严的最好的证明，
就是随着岁月不断流传，直至
在永恒之岸消逝的热烈呻吟！

---

① 韦伯（1786—1826），德国作曲家。

患病的诗神*

我可怜的诗神，早上不舒服吧？
你深陷的眼睛充满黑夜梦幻。
我看到你的脸色不断地变化，
时而狂热，时而恐惧，冷漠无言。

粉红的小妖，暗绿色的母夜叉①，
从瓶里向你注入爱情和不安？
恶魔挥起拳头，蛮横而爱促狭，
在传说的曼图亚②，将你淹没不见？

我愿你胸脯散发健康的芬芳，
强有力的思想总在那里回荡，
愿你基督徒的血汩汩地流动，

---

* 本篇最初发表于1857年，列为《恶之花》初版第7首。诗歌将现代诗神即患病的
  诗神与古代诗神相对照。这首十四行诗的押韵方式为：abab，abab，ccd，dee。
① 和睡熟的男人性交的女魔。
② 曼图亚，又译曼托瓦，沼泽地，位于罗马南面。罗马将军马略（前157一前
  86）兵败，受到政敌苏拉的追逐，潜逃至此，沼泽将其光身淹没至嘴边。当地
  居民不敢杀死他，他得以逃走。

仿佛古音节一样和谐地叮咚，
在你的身上，诗歌之父福玻斯[1]，
丰收之神、伟大的潘[2]轮流统治。

---

① 福玻斯，太阳神阿波罗的别名，主管诗歌、音乐。
② 潘，希腊神话中的牧神，人身羊足，头上长角，是丰产的象征。

忧郁与
理想

019

唯利是图的诗神*

我心中的诗神，你爱蛰居宫殿，
当正月放走北风①，在夜雪弥漫，
百无聊赖时，你可曾准备木炭
好使你冻得发紫的双脚温暖？

你想借透过窗户的微弱光线，
重新活动石头般僵硬的双肩？
你感到钱袋干瘪，像宫殿一般，
便从蔚蓝的天空中搜集金钱？

为了挣得每晚的面包，你必须
就像唱诗班的孩子，亦步亦趋，
去唱你不大相信的感恩赞美诗，

或像空腹小丑，表演技巧高超，
而且笑中带泪，别人却看不到，
为了博得庸人个个乐不可支。

---

* 本篇最初发表于1857年，列为《恶之花》初版第8首。唯利是图的诗神是现代诗
神。这首十四行诗的押韵方式为：abba, baab, ccd, eed。
① "正月"和"北风"在原文中都是大写，以表现童话色彩。

坏修士*

古老修道院往往在大墙上面，
用壁画生动展示神圣的真理，
它的效果使虔诚的心肠温暖，
又缓解他们苦修冰冷的严厉。

在基督播种迎来开花的华年，
不止一个名修士，眼下少提及，
画室就刚好选择在那些墓园，
满怀纯朴地对死神膜拜顶礼。

——我的灵魂是座坟墓，从古至今，
我这坏修士，居住、跑遍这坟茔，

---

* 本篇写于1842或1843年，赠给多宗，发表于1851年4月9日的《议会通讯》，后
收入《恶之花》初版列为第9首。诗歌源于壁画《死神的胜利》，如今确定此画
是弗兰齐斯科·特雷尼所作。意大利画家乔尔乔·瓦萨里的《艺苑名人传》这样
介绍这幅壁画："有些人沉浸在阅读、祈祷和默想中；另一些人为了谋生，在从
事繁重的劳动。给一只绵羊挤奶的修士似乎真正活灵活现。这幅画的下部由圣马
凯尔占据，他向三个携带情妇游猎的国王指点另外三个国王的尸体——这是人类
贪图的象征。这幅可怖景象引起的惊奇和恐惧，通过国王们的举止有力地表现出
来……在画的中央，死神身穿黑衣，手执镰刀，表明它刚收割完各种地位、各种
年龄的男男女女、老老少少、穷人富人、身体好或坏的人的岁月。"这首十四行
诗的押韵方式为：abab, abab, ccd, eed。

这可憎的修道院，墙壁从未美化。

噢，懒散的修士！我到什么时候
才能把我的生活的凄凉悲愁
画成生动的图景，看得我眼花?

大敌*

我的青春只是一场狂风暴雨，
灿烂的阳光不时斜穿过云霄，
雷霆和骤雨带来了破坏无数，
我的园里红色果实寥寥无几。

眼下我已经接近思想的秋季，
必须使用铁铲和耙子等工具，
把大水淹过的泥土重新拢齐，
洪水造成的深坑简直像坟墓。

谁知道我所梦想的鲜花新种，
在冲刷得好似沙滩的土壤中，
可找到茁壮成长的神秘营养？

——噢，痛苦！噢，痛苦！时间吞噬生命，
隐没的大敌蚕食我们的心房，
用我们丧失的鲜血使它勃兴！

---

* 本篇最初发表于1855年6月1日的《两世界评论》，后收入《恶之花》初版列为第
  10首。大敌何所指？时间、死亡、魔鬼、悔恨、烦恼？也许是这些因素的综合。
  这首十四行诗的押韵方式为：abab，cdcd，eef，gfg。

厄运*

要挑这样一副重担，
该有西绪福斯①之勇！
虽然扑在事业之中，
艺事漫长，时间短暂。

远离那些著名墓园，
朝着一片偏僻的坟，
我的心，像鼓声沉闷，
敲着葬礼曲走向前。②

——许多珍宝埋没、忘记，
长眠在重重黑暗里，
远离镐、钻机的探索；

---

* 本篇最初发表于1855年6月1日的《两世界评论》（早在1851年9月至1852年1月
初已寄给该刊编辑，写于1849年—1951年），后收入《恶之花》初版列为第11
首。诗人认为文学家"在额角的曲折皱纹中带着用神秘字母写成的'厄运'二
字。"这首十四行诗（八音节）的押韵方式为：abba，cddc，eef，ggf。

① 西绪福斯是希腊神话中科林斯的国王，死后被罚推巨石上山，及至山顶，巨石
又滚下，如此反复，无休无止。第一节和最后两节诗采用英国诗人托马斯·格
雷《乡村教堂墓地哀歌》（又译《墓畔哀歌》）的诗句。

② 第二节诗采用美国诗人朗费罗的《人生礼赞》的诗句；爱伦·坡先引用过。

许多花舍不得吐放，
像秘密的甜蜜芬芳，
深深感到惆怅寂寞。

前生*

我在宏大的柱廊下长期居住，
海上的阳光染上千万道光线，
笔直而雄伟的巨柱，每到傍晚，
使柱廊变得如同玄武岩洞府。

海浪摇曳着青天落下的倒影，
用一种壮美而又神秘的方式，
将丰富的音乐奏出有力的曲子，
跟照在我眼中的落日相辉映。

我在平静的享受中度过时光，
周围是蓝天、斑斓光辉和浪涛，
还有裸体奴隶，全身涂满香料，

他们用蒲扇扇得我神清意爽，
而且专心一意地要深深洞悉
使我意倦神疲的痛苦的秘密。

漫游四方的波希米亚人*

那善于预言的种族，目光炯炯，
昨天已经上路，把他们的小孩
驮在自己背上，孩子胃口大开，
下垂的乳房总是准备好库存。

男子步行，锃亮的武器不离身，
走在大车两旁，家室由大车负载，
迟钝的一双眼在碧空中徘徊，①
出于对消失幻象深沉的悔恨。

蟋蟀，待在沙子地的小洞深处，
望着他们走过，唱歌鼓气更足；
爱他们的库柏勒②，待他们走过，

---

* 本篇手稿直接寄给法国诗人戈蒂埃，发表于1851年9月至1852年1月的《巴黎评
　论》，后收入《恶之花》初版列为第13首。在波希米亚人和卖艺者身上，波德莱
　尔发现了未被认识的艺术家、游离在社会之外的艺术家形象，并羡慕他们享受的
　自由。法国版画家雅克·卡洛（1592—1635）的几幅版画给了诗人启发。这首
　十四行诗的押韵方式为：abba，abba，ccd，eed。
① 波德莱尔写道："卡洛的波希米亚人目光更加注意道路而不是天空。"可参阅
　诗集对盲人和天鹅的描写。
② 库柏勒，弗里吉亚人所信仰的大母神，为天上万神和地上万物之母。

使浓荫匝地，使泉水流出巉岩，
使荒漠鲜花开遍，为他们展现
他们熟识的黑暗未来的王国。

人与海*

自由人，你总对大海恋恋相依！
海是你的明镜，你向狂涛万顷，
无边无际，默默凝望你的心灵，
你的精神是同样痛苦的渊底。

你很喜欢沉迷于自己的形象，
你用眼睛、手臂拥抱它，你的心
在倾听桀骜不驯的诉怨之音，
有时用以排遣对自己的诽谤。

你们俩都阴沉沉而谨慎心细：
人啊，没人探索过你内心底蕴；
海啊，没人了解你内在的缤纷，
你们多么急于保守本身秘密！

---

* 本篇最初发表于1852年10月的《巴黎评论》，后收入《恶之花》初版列为第14
　首。大海作为人的镜子，是浪漫派所重视的题材。每节诗押韵方式为abba。

地狱里的唐璜*

当唐璜下到地狱，来到冥河边，
把渡钱交给卡隆①，阴沉的乞丐②
像安蒂斯泰纳③一样目光傲慢，
有力的报复手臂抓住桨，不松开。

在黑暗的天空下扭动的女人，
露出下垂的乳房，敞开了裙子，
好似一大群用作祭祀的畜生，
在唐璜背后拖长了号哭抽泣。

斯卡纳赖尔④笑着要他的工钱，

---

* 本篇最初发表于1846年9月6日的《巴黎评论》，原名为《不知悔改的人》，后收
　入《恶之花》初版列为第15首。题材取自德拉克洛瓦的两幅画：《唐璜的沉船》
　和《但丁和维吉尔在地狱里》。此外，西蒙·盖兰的石版画《唐璜在地狱》也给
　了诗人启发。
① 卡隆，又译卡戎，希腊神话中冥河上的船夫，阴魂乘渡船时要付钱。
② 莫里哀的《唐璜》第三幕第二场中有个穷人，唐璜要他为一个路易辱骂天主。
③ 安蒂斯泰纳，又译安提西尼，公元前5世纪希腊犬儒派的创始人。他认为至高无
　上是在品德中，并蔑视财富、伟大和享乐，又认为应战胜自己的激情。他甘愿
　贫穷，以乞丐的拐棍和褴褛作为他的哲学的象征。
④ 斯卡纳赖尔，唐璜的仆人，在莫里哀的《唐璜》第五幕第七场，他看到主人被
　雷劈死，工钱落空，叫道："啊，我的工钱，我的工钱！"

而唐路易①将一只颤抖的手举起，
向岸上所有游荡的鬼魂指点
这嘲笑白发老父的大胆逆子。

贞洁、消瘦的埃尔维拉②戴孝战栗，
靠近了她的情人，这个负心汉，
仿佛求他再露出最后的笑意，
他最初誓言的甜蜜在其中闪现。

魁梧的石像一身戎装，挺直身板，
捏住船舵，劈开那黑色的波涛；
这沉着的英雄，躬身倚着长剑，
凝视着航迹，什么都不屑看到。

---

① 唐路易，唐璜之父，《唐璜》第四幕第五场他教训逆子。
② 埃尔维拉，唐璜的情妇，他把她从修道院勾引出来，随后又抛弃了她。

美*

世人啊，我很美！似石像的梦幻，
人人相继撞上，我的胸受伤害，
我的胸生来给诗人激发情爱，
仿佛物质一样永恒而又无言。

我君临苍穹，像难解的斯芬克司；
我把雪白心跟天鹅之白相融；
我非常厌恶移动线条的运动，①
我从来不大笑，也从来不哭泣。

诗人们面对我举止端庄潇洒，
仿佛是借自纪念塑像的杰作，
他们就会刻苦钻研，度过年华；

---

* 本篇最初发表于1857年4月20日的《法国评论》，后收入《恶之花》初版列为
第17首。这首诗与戈蒂埃的《珐琅与玉雕》十分接近，受其影响。波德莱尔在
《1859年画评》中谈到"雕塑的神圣作用"："跟抒情诗使一切，甚至激情、雕
塑、现实变得崇高一样，也使一切，甚至运动变得庄严：它给予一切有人性的东
西以某种永恒，而且具有材料的硬度。愤怒变得平静，温情变得严厉，波动起伏
和闪光的梦变成坚定而执着的思索。"这首诗以咒语形式表达了雕塑家的理想。
押韵方式为：abba, cddc, efe, fgg。

① 波德莱尔喜欢起伏运动，因为它的扭曲没有棱角和破裂。他还喜欢蛇或船的运
动。可参阅《猫》。

因为要让柔顺的情侣受迷惑，
我有使万物变得更美的明镜：
我的眼睛，不断闪光的大眼睛！

美的赞歌*

你是来自天穹，还是出自深渊，①
美啊？你恶魔般的神圣的目光，
一股脑儿地倾注着善行和罪愆，②
为此可以把你比作醇酒一样。

你的眼里落日和黎明都包容；
你像山雨欲来之夜浓香飘散；
你的吻是媚药，你的嘴是古瓮，
它使英雄怯懦，它使孩子勇敢。

你出自黑洞还是从星体降落？
着迷的命运像狗穷追你不舍，
你在随意地播撒欢乐和灾祸，
你统治一切，却什么也不负责。

美啊，你踩着死尸，还加以嘲讽，

---

* 本篇最初发表于1860年10月15日的《艺术家》，后收入《恶之花》第二版列为第
21首。交叉押韵。
① 在《巴黎圣母院》中，弗罗洛这样描绘爱丝梅拉达："这超凡入圣的美只能来
自天堂或地狱。"
② 诗人的《私人日记》写道："我不能想象一种美里面没有不幸。"

在你的首饰中，娇媚要数恐怖，
谋杀列入你最珍视的饰物，
在你傲慢的肚子上轻歌曼舞。

闪光的蜉蝣飞向你这支明烛，
燃着后毕剥作响，说："祝福这烛火！"
气喘吁吁的情郎俯身对着美女，
好像垂死的人在坟墓上抚摩。

美啊，吓人而天真的巨大恶魔！
你来自天上或地狱，何必细问，
只要你的眼睛、微笑和脚为我
打开我爱而不识的无限之门。

来自撒旦、天主，是天使、美人鱼，
这有何妨？——唯一的女王是节奏、
芬芳、光线、天鹅绒眼睛的仙女！——
只要你使时间轻巧，宇宙不丑。

异国的芬芳*

秋天温暖之夜，当我双眼闭上，
吸着你热情的胸脯阵阵香气，
我看到幸福的海岸无边无际，
单调太阳的烈焰照得闪闪亮；

懒洋洋的岛上，大自然多赏光，
长着奇花异树和美味的果子；
男人体态颀长而又强壮有力，
妇女的眼神坦率得令人心慌。

你的芬芳把我引向迷人之洲，
我见到船帆桅樯林立的港口，
航船受海浪颠簸还疲惫不堪，

这时翠绿的罗望子树①的清芬
在空气中飘荡，将我鼻孔填满，
在我心中融入水手们的歌声。

---

* 本篇最初发表于1857年5月17日的《阿朗松日报》，后收入《恶之花》第二版
列为第22首，作于作者青年时代。这首十四行诗的押韵方式为：abba，abba，
ccd，cdc。
① 即酸豆，常绿乔木。

秀发*

噢，垂到脖子上，羊毛般的浓发！
噢，环形鬈发！散发懒散的芬芳！
令人着迷！今晚，黝黯的床笫兒
让沉睡在秀发中的回忆安插，
我想摆动浓发，像挥手帕一样！

懒洋洋的亚洲和炎热的非洲，
遥远、天各一方、快泯灭的异邦，
再现于浓发之中，这芳林独秀！
像别人的心灵在乐曲上漂流，
心上人，我的心灵沉浸于发香。

我要去远方，那里的树木和人
充满活力，却因炎热长期昏迷；
大辫子啊，你是浪涛，托起我身！
乌木之海，你是梦幻，发出光晕，
兼容并蓄风帆、桨手、桅杆、旌旗：

这个喧闹的港口，让我的心灵
大口地畅饮清香、声音和色彩；
那里，帆船在金光粼粼中航行，
张开巨大的手臂，将光辉抱紧，
这是长年溽热的晴空的风采。

我要把自己爱得发狂的头颅
投入这黑海，它包容另一海岸；
我敏感的心灵受到摇摆安抚，
将会再找到你，噢，懒散的态度，
这是甜美的安闲、不停的摇晃！

蓝色的头发，黑暗撑着的营帐，
你给了我无垠的圆顶的蓝天；
在你的鬈发密布绒毛的岸旁，
我热烈地陶醉在椰子油、麝香，
以及柏油混合成的气味中间。

长久！永远！我的手要在浓发里
播撒红宝石、蓝宝石，还有珍珠，
让你不要听而不闻我的心迹！
你不是憧憬的绿洲？你不是
我畅饮回忆之酒的那只葫芦？

27*

她的衣衫轻拂飘动，珠光闪闪，
即使她走路，也简直是在跳舞，
仿佛通神的卖艺者挑在棒端、
按着节拍扭摆的长蛇在起伏。

像沙漠中暗淡的沙砾和蓝天，
两者对人类痛苦都不关痛痒，
像大海波浪织成的巨网一般，
她就这样发育成长，冷若冰霜。

她的明眸用迷人矿石来镶嵌，
在这有象征性的古怪天性里，
纯洁天使混合古代斯芬克司，

一切全是黄金、钢、光和金刚钻，
宛若无用的星星，永远在闪烁，
那种不育女人的严峻和冷漠。

---

* 本篇最初发表于1857年4月20日的《法国评论》，题名《十四行诗》，后收入
《恶之花》第二版列为第27首。这首十四行诗押韵方式为：abab, cdcd, eff,
egg。

起舞的蛇*

懒散的宝贝，我多爱瞧
　　你苗条的身材，
如同一幅颤悠悠的布料，
　　皮肤在泛彩！

你具有刺激人、芬芳
　　浓密的长发，
像香喷喷游荡海洋的
　　蓝棕色浪花，

好似随着晨风轻飏
　　苏醒的航船，
我沉思的心灵要航向
　　遥远的彼岸。

你的眼睛丝毫不显示
　　温柔或悲切，
这是一对冰冷的首饰，
　　混合金和铁。

---

* 本篇最初发表于《恶之花》初版中，后收入《恶之花》第二版列为第28首，赞颂
　情人"黑维纳斯"让娜·迪瓦尔组诗中的一首。交叉押韵。

看到你走路东摆西侧，
　　洒脱的美人，
可以说一条起舞的蛇
　　在棒端缠身。

你那懒洋洋、不堪重负、
　　孩子般的头，
带着幼象那种软乎乎，
　　不停地晃悠。

你的身子俯下和躺倒，
　　像灵敏的船，
左摇右晃，斜对着浪涛，
　　将桅桁前探。

仿佛融化的轰鸣冰川
　　使河水涌浪，
当你的口水竟然涨满，
　　齐牙齿边上，

我像喝到波希米亚
　　液态的苍天，
严厉得意，将星星来丢，
　　洒满我心田。

腐尸*

心上人，曾记否，我们见到的景象，
　　在夏日明媚的早晨：
在小路拐角，铺着石子的床上，
　　一具腐尸臭不可闻。

双腿往上翘，好像一个荡妇，
　　火辣辣的，冒着毒气，
那种姿态厚颜无耻，满不在乎，
　　敞开她恶臭的肚皮。

太阳照射着这具腐烂的尸体，
　　仿佛要把它来煮烂，
把大自然所融汇的一切因子
　　放大一百倍再归还；

天穹凝望着这具壮美的尸首，
　　仿佛一朵花在开放。

---

* 本篇最初发表于1857年，后收入《恶之花》第二版列为第29首。诗人先在画室和啤酒店朗诵该诗，法国文学评论家圣伯夫曾指责他"恋上可怕的事物"。罗丹则十分欣赏。诗歌由十二音节加八音节组成，交叉押韵。

恶浊臭气熏天，令你十分难受，
　　快要昏倒在草地上。

苍蝇在糜烂的肚子上嗡嗡叫，
　　黑压压的无数蛆虫，
从肚里爬出来，像稠脓一道道，
　　沿着这臭皮囊流动。

这些蛆虫如同潮水一样落涨，
　　乱爬乱冲，闪光不止，
好像这个躯体受到微风膨胀，
　　还在生长，还在繁殖。

这个世界奏出一种古怪音乐，
　　像淙淙流水和微风，
又像扬麦农夫，动作节奏和谐，
　　用他的簸箕筛麦种。

形象已经消失，只留下了幻梦，
　　像面对忽略的画幅，
艺术家仅仅靠记忆在起作用，
　　慢慢勾出一幅草图。

一只不安的母狗在岩石后面，
　　愤怒地朝我们观看，

它在等待时机，要从尸体那边
　　叼回它丢下的肉块。

——但是，你也会像这堆烂肉一样，
　　发出恶臭，实在难闻，
我眼中的星星，我气质的太阳，
　　你，我的天使、心上人。

是的！妩媚女王，你会变成这样，
　　你做过了临时圣事，
野草和繁花相覆盖，安然下葬，
　　长眠在那白骨堆里。

那时，我的美人哪！请告诉虫豸，
　　它们吻你时吞噬你，
说是我的爱情虽已解体，可是，
　　保留了神髓和形式。

吸血鬼*

你，仿佛尖刀的一击，
插入我凄苦的心中；
你，像魔鬼般强有力，
疯狂而至，骇绿粉红，

你用我屈辱的心灵
做成你的床和地盘；
坏东西，我被你缚紧，
像苦役犯锁上铁链，

如同赌棍死不回头，
如同酒鬼难离酒瓶，
像尸体被蛆虫咬紧，
——你该诅咒，真该诅咒！①

我曾经祈求过利剑，

---

* 本篇最初发表于1855年6月1日的《两世界评论》，后收入《恶之花》第二版列为
第31首。诗人因同让娜·迪瓦尔争吵而写出此诗。吸血鬼是浪漫派文学中常见的
民间传说题材。八音节诗。交叉押韵。
① 这一节押韵方式为abba。

帮助我去夺回自由，
我曾经对剧毒呼喊，
给我的怯懦做帮手。

唉！可是利剑和剧毒
瞧不起我，对我说道：
"帮你摆脱非人的奴役？
你可不配为你效劳，

"笨蛋！——如果我们竭力
帮你逃脱她的帝国，
你会接连长吻不止，
像吸血鬼尸体复活！"

死后的悔恨*

我黑色的美人①，当你就要安睡，
在那黑色大理石的纪念碑下，
作为你放床凹室和居住老家，
只有漏雨地窖和深陷的墓穴。

当墓石将你怯弱的胸脯压迫，
妨碍你的柳腰慵倦时显出优雅，
阻止你的心跳动，愿望也受压，
而你的脚无法到情场去跋涉。

坟墓是我的无限梦想的知己
（因为坟墓总是能够理解诗人），
在那无法成眠的漫漫长夜里，

一 恶之花 · 波德莱尔作品菁华集 一 ·
048

---

* 本篇最初发表于1855年6月1日的《两世界评论》，后收入《恶之花》第二版列为
  第33首。诗歌写的是诗人与让娜·迪瓦尔早期的来往，那时波德莱尔热衷于文艺
  复兴时期和巴洛克诗人的作品，在诗中留下了痕迹。这首十四行诗押韵方式为：
  abba, abba, efe, fgg。
① 黑色的美人指让娜·迪瓦尔，她是混血儿，皮肤黝黑，意象借自16世纪诗歌，
  原指黄昏，与白日相对。

会对你说："作为妓女，你不完整，
不知死者所哭所思，于你何妨？"
——蛆虫将咬你肌肤，像悔恨一样。

猫*

漂亮猫，偎依我钟情的心；
　　收缩起你的双脚爪，
让我投入你艳丽的眼睛，
　　其中交织金银玛瑙。

我的手指悠然地在抚摩
　　你的头和弹性足的背部，
我的手陶醉于这种快乐，
　　在你带电身上轻抚，

想象中我看到妻，她目光
　　像你，我娇媚的野兽，
深邃冰冷，锋利得像长枪，

　　从脚跟直到她的头，
一种微妙气氛，危险香味
　　飘荡在褐毛身周围。

忧郁与理想

---

* 本篇最初发表于1854年1月8日的《阿朗松日报》上，后收入《恶之花》第二版列
　为第34首。波德莱尔被称为"写猫的诗人"，可参阅《恶之花》第51首和66首。这
　首十四行诗由十音节与八音节组成，押韵方式为：abab，cdcd，efe，fgg。

阳台*

我的回忆之母，情人中的情人，
你是我全部乐趣，我对你忠实！
你会缅怀起那些甜美的温存，
火炉边的快意和傍晚的魅力，
我的回忆之母，情人中的情人！

被炭火的烈焰照亮了的傍晚，
阳台蒙着粉红色暮霭的黄昏，
你的胸脯多销魂！心儿多慈善！
我们常常谈到事物的永生，
被炭火的烈焰照亮了的傍晚！

在炎热的傍晚，阳光多么辉煌！
天空多么深邃！心房搏动有力！
我俯身对着你，受崇拜的女王，
我似乎吸到你的血液的香气，
在炎热的傍晚，阳光多么辉煌！

---

* 本篇最初发表于1857年5月17日的《阿朗松日报》，后收入《恶之花》第二版列
　为第36首。每节的押韵方式为ababa。

夜像堵隔墙挡住，黑得无法瞧。
我的眼睛看出你暗处的瞳孔，
我畅饮你的气息，甜蜜啊毒药！
你的脚蜷伏在我温情的手中，
夜像堵隔墙挡住，黑得无法瞧。

我知道如何把幸福时光唤回，
又看到昔日我埋首在你膝间，
因为何必寻找你的慵倦之美，
不就在你的玉体和芳心里面？
我知道如何把幸福时光唤回！

这些誓言，无穷亲吻，这些芬芳，
可会从底不可测的深渊再生，
正如从深海之底出浴的太阳，
重新焕发青春，冉冉向上升腾？
啊，誓言，啊，无穷的亲吻，啊，芬芳！

全部*

魔鬼就在今天上午
到顶楼拜访我一次，
他想抓住我的错误，
对我说："我很想获悉，

"她的优点有千百种，
组成她全身的魅力，
各个部分有黑有红，
组成她迷人的躯体，

"什么最美？"——我的心灵！
回答这讨厌的家伙：
"她的一切令人醉心，
用不着你偏爱什么。

"既然一切使我着迷，
我不知什么吸引我。

---

* 本篇最初发表于1857年4月20日的《法国评论》，后收入《恶之花》第二版列为
第41首。波德莱尔对萨巴蒂埃夫人怀有柏拉图式的爱情，为她写下了不少情诗。
她是个私生女，比波德莱尔小一岁，在社交界有一定地位。八音节诗。交叉押韵。

她像黎明光彩熠熠，
又像黑夜使人快活。

"和谐支配她的丽质，
实实在在无比美妙，
以至分析无能为力，
记不下无数的协调。

"噢！我各种各样感觉，
神秘地变幻成一种！
她的呼吸形成音乐，
像声音将清香传送！"

42*

今晚你要说什么，孤独的心灵，
对那位最漂亮、最善良的心上人，
要说什么，我的心，创伤过的心，
她的神圣目光使你年轻气盛？

——我们要自豪地对她齐声颂扬：
什么也比不上她美妙的威力，
她的精神肉体有天使的芬芳，
目光给我们罩上光织的外衣。

无论在黑夜还是在孤独之中，
无论在街道上还是混在人丛，
她的幻影在空中像烛影摇曳。

* 本篇于1854年2月16日未具名写给萨巴蒂埃夫人，最初发表在1855年1月15日的
《巴黎评论》上，并收在沙尔·巴尔巴拉的小说《红桥谋杀案》中，收入《恶之
花》第二版列为第42首。随诗附有说明："眼下我非常乐意向您重新发誓，没有
什么爱情比我对您秘密怀有的爱情更加无私，更加富有理想，更加充满敬意，而
且我总是在这种美好敬意支配下，小心翼翼地把这爱情藏在心底。"这首十四行
诗的押韵方式为：abab, cdcd, eef, gfg。

它有时说："我很漂亮，听我吩咐，
你要爱我只消对美五体投地，
我就是守护天使、诗神和圣母！"

活火炬*

这对闪光眼睛，走在我的前面，
无疑有个渊博天使给予磁性；
这神圣兄弟，我的兄弟，走向前，
钻石般的光辉使我双眼震惊。

它们使我摆脱一切大罪、陷阱，
在美的道路上引导我的脚步；
它们是我的奴仆，我却俯首听命，①
我全身心都服从这活的火炬。

迷人的眼睛，神秘之光在闪烁，
好像白天点燃的大蜡烛；太阳
艳红，但熄灭不了这奇异之火；

---

* 本篇于1854年2月7日未具名附在给萨巴蒂埃夫人的信里，发表在1857年4月20日
的《法国评论》上，后收入《恶之花》第二版列为第43首。诗人从柏拉图、但
丁、彼特拉克的作品中汲取灵感，尤其受到爱伦·坡的《献给海伦》的影响。这
首十四行诗的押韵方式为：abab，cdcd，efe，fgg。

① 可参照爱伦·坡的话："他们是我的大臣，我是他们的奴隶。"眼睛虽是仆
人，但它们引导主人向前。

你们颂扬觉醒，蜡烛歌颂死亡，
你们向前，歌唱我灵魂的觉醒，
你们是太阳熄灭不了的恒星！

通功*

喜洋洋的天使，你可知道忧郁、
耻辱、悔恨、呜咽，还有烦恼种种
外加像揉纸团一样压迫心胸，
那讨厌的长夜中朦胧的恐怖？
喜洋洋的天使，你可知道忧郁？

好善良的天使，你可知道怨怼，
当复仇女神敲响了招魂之鼓，
我们的官能都要由她来做主，
我们暗中捏紧拳头，流下苦泪？
好善良的天使，你可知道怨怼？

多健壮的天使，你可知道高烧，
沿着灰白色的收容所的高墙，
像流亡者一样拖着脚步徜徉，
抖动嘴唇，将难见的阳光寻找，

多健壮的天使，你可知道高烧？

绝色美的天使，你可知道皱纹，
生怕衰老，还有我们死死盯住，
便看到老人眼里可怕的痛苦，
因为心里担心无法做到忠诚？
绝色美的天使，你可知道皱纹？

充满幸福、快乐和光辉的天使，
垂危的大卫一定想获得健康，
像你迷人的躯体青春般健壮，
可是，天使，为我祈祷，我恳求你，
充满幸福、快乐和光辉的天使！

黄昏的和声*

时候已到，每朵花在枝头微颤，
宛如一只香炉那样喷云吐雾，
声音和芳香在暮霭之中旋舞，
忧郁的华尔兹，使人倦的昏眩！

宛如一只香炉那样喷云吐雾，
小提琴像受折磨的心在抖战；
忧郁的华尔兹，使人倦的昏眩！
天空像临时祭坛美丽而愁苦。

小提琴像受折磨的心在抖战，
温柔的心憎恨黑茫茫的虚无！
天空像临时祭坛美丽而愁苦；
太阳在自己凝固的血中消散。

---

* 本篇最初发表于1857年4月20日的《法国评论》，后收入《恶之花》第二版列为
第47首。这是诗人赞美萨巴蒂埃夫人组诗中的一首，运用了马来诗体，即每节
诗的第二、第四行在下一节的第一、第三行重复；全诗只有两韵，产生优美而
使人惆怅的效果。

温柔的心憎恨黑茫茫的虚无，
将辉煌的昔日残余搜集齐全！
太阳在自己凝固的血中消散……
像圣体发光，你形象使我目眩！

香水瓶*

有些浓郁的芬芳，能逐渐渗透
一切物质。似乎能进玻璃里头。
你打开一只来自东方的箱子，
铁锁吱吱叫，响声好像不乐意。

或者在空房间打开一只衣橱，
充满刺鼻味，这来自长年脏土，
偶尔能找到一只旧瓶，勾起记忆，
一个活生生的灵魂从中飘逸。

无数思想沉睡着，像阴沉的蛹虫，
在浓重的黑暗中慢慢地蠕动，
如今展开了翅膀，在空中飞行，
它们染成蓝色、粉红色和缕金。

令人沉醉的回忆正飞舞回旋
在混浊的空气中；眼睛闭上；昏眩

---

* 本篇最初发表于1857年4月20目的《法国评论》，后收入《恶之花》第二版列为
第48首，两行一韵。

抓住失败的灵魂，用双手推动，
让它落入充满人间瘴气的暗渊中；

昏眩把它摔在千年深渊的边沿，
像发臭的拉撒路把尸衣撕烂。①
成了鬼魂的尸体，对坟墓有深情，
如今苏醒过来，活动持续不停。

就像这样，我在世人的记忆里
消逝，在昏暗的衣柜中被丢弃，
像一只老朽、布满灰尘、孤零零、
污秽、卑贱、黏糊糊、开裂的旧瓶。

我要做你的灵柩，可爱的瘟神，
我是你的力量和毒性的见证，
天使调剂的毒药是多么贵重！
腐蚀我的液体，我心生死受操纵！

---

① 据《新约·约翰福音》第11章，耶稣叫人挪开墓石，把死去四天的拉撒路叫了
出来。

毒药*

美酒善于用神奇的富丽堂皇
　　　装饰最肮脏的破屋，
宛若一轮夕阳，却被云雾遮住，
　　　从红雾中透出金光，
显现了不止一座奇妙的廊柱。

鸦片能够使无边的境界扩展，
　　　能使无限更加宽广，
能使时间绵长，深挖享乐愿望，
　　　又能够用抑郁寡欢
充塞我们的心灵，超过了容量。

这一切都不如你碧绿的眸子
　　　流出的毒，你的眼睛
是湖水，倒映出我战栗的心灵……
　　　我的梦幻蜂拥而至，
为了解渴，在这苦井之中畅饮。

---

* 本篇最初发表于1857年4月20日的《法国评论》，后收入《恶之花》第二版列为
第49首。此为歌咏情人玛丽·杜布伦的第一首诗。她生于1827年，是个女演员。
十二音节与八音节交叉运用。押韵方式为abbab。

这一切都不如你咬人的唾液
　　产生的可怕的奇迹；
它把我无悔的心灵投入忘记，
　　既带走了目迷五色，
又把衰弱的心推向死亡边际！

猫*

一

有只漂亮、强壮、温柔、
可爱的猫，在我脑中，
像在它房间里走动，
它咪呜地发出低吼，

音色多么柔和、稳重；
但它平静或吼叫时，
声音总是丰润厚实，
魅力、秘密就在其中。

珠圆玉润，有渗透力，
直达我漆黑的内心，
像和谐诗句全身充盈，
像媚药使我好舒适。

---

* 本篇最初发表于《恶之花》初版中，再版时分为两部分，稍作改动，列为第51
首。诗人由玛丽·杜布伦的猫勾起灵感。评论家亚当认为："《猫》是波德莱
尔的'朦胧性'的绝妙例子。诗人玩弄两种笔调，而且找到一些词汇，既描
绘玛丽的猫，又把它的女主人放在背景中。"此为八音节诗，每节押韵方式
为abba。

它平息刺心的苦难，
包含各种心醉神迷，
为了说出长串句子，
它不需要任何语言。

没有什么琴弓折磨
我的心——完美的乐器，
它的弦一碰就战栗，
使它奏出华章妙曲。

是你的声音，神秘的猫，
奇特的猫，美妙无比，
你的一切就像天使，
既很和谐又很细巧！

二
它金黄和褐色的毛皮
发出浓香，有个晚上，
我只抚摩过它一趟，
便沾染上它的香气。

它就是守家的神明；
它主宰、启迪和判别
它的王国中的一切；
它许是仙女或神灵？

我的眼睛像被磁石
吸到我的爱猫身上，
乖乖地转了个方向，
我低首向内心凝视，

这时我吃惊地看见
它淡色的瞳孔冒火，
一双明灯凝望着我，
这蛋白石活灵活现。

美丽的船*

倦怠的迷娘啊！我想给你描绘
打扮你青春的风姿绰约的美；
　　　我要描绘你的姿色，
稚嫩和成熟在其中紧密结合。

当你穿着宽裙而至，迎风飘荡，
你像一只美丽的船来到海洋，
　　　扯满了帆，行驶轻快，
按照轻柔、徐缓和慢板的节拍。

你的头优雅得出奇，神气活现，
头颈粗而圆，肩膀又异常丰满，
　　　以沉着、得意的态度
你漫步而行，雍容华贵的少女。

倦怠的迷娘啊！我想给你描绘
打扮你青春的风姿绰约的美；

---

* 本篇最初发表于《恶之花》初版中，后收入第二版中列为第52首。此为描写玛
丽·杜布伦的诗篇之一。十二音节与八音节交叉运用，两行一韵。诗节间断地重复。

〉恶之花　波德莱尔作品菁华集〉·

072

我要描绘你的姿色，
稚嫩和成熟在其中紧密结合。

你的胸脯顶起绸衣，向前突出，
你得意的胸脯像漂亮的大橱，
　　橱的护板隆起闪亮，
宛若盾牌一样能吸引住电光；

这盾牌挑逗人，配备粉红尖顶！
大橱拥有诱人秘密、美妙物品，
　　有酒，有饮料，有香水，
它们能够使头脑和心灵沉醉！

当你穿着宽裙而至，迎风飘荡，
你像一只美丽的船来到海洋，
　　扯满了帆，行驶轻快，
按照轻柔、徐缓和慢板的节拍。

你高贵的大腿翻起周围裙边，
挑起和刺激隐隐约约的欲念，
　　如同两个巫婆猛搅
放在一只深坛里的黑色春药。

你的手臂能摆弄早熟的力士，

是闪光的蟒蛇强有力的劲敌①，
　　生来就为死死抱紧
情人，仿佛要将他镌刻在心。

你的头优雅得出奇，神气活现，
头颈粗而圆，肩膀又非常丰满，
　　以沉着、得意的态度
你漫步而行，雍容华贵的少女。

---

① 指赫拉克勒斯在摇篮中扼杀巨蟒的故事。

邀游*

孩子，好妹妹，
　想想多甜美，
到那边共同生活！
　相爱多逍遥，
　到白头偕老，
在与你相像之国！
　幽暗的阴天，
　潮湿的光线，
对我心灵魅力多，
　像你的斜眼，
　神秘又阴险，
透过泪水在闪烁。

那里，只有美、秩序、
奢华、宁静和乐趣。①

* 本篇最初发表于1855年6月1日的《两世界评论》，后收入《恶之花》第二版列为
第53首。这是诗人赞颂情人"碧眼女郎"玛丽·杜布伦组诗中的一首，表现了对
理想爱情和幸福的追求。诗歌运用了女人——风景的通感手法，这是想象中荷兰
的风景。五音节与七音节诗句相结合。
① 这个叠句被法国作家纪德称为"艺术作品的完美定义"。

家具在闪亮，
　被岁月磨光，
将装点我们房间；
　罕见的鲜花，
　将馥郁混杂
在龙涎香的清淡；
　华丽的屋顶，
　深邃的明镜，
东方风格的明艳，
　都避人耳目，
　对心灵说出
故乡的可爱语言。

那里，只有美、秩序、
奢华、宁静和乐趣。

　你看那些船
　沉睡运河畔，
它们性格爱流浪；
　正是为成全
　你小小心愿，
它们才来自远方。
　——夕阳给田地、
　运河和城市
披上紫红和金黄、

五彩的衣服；
　　世界已睡熟，
沐浴着火热光芒。

那里，只有美、秩序、
奢华、宁静和乐趣。

秋之歌*

一

我们不久就陷入黑暗寒冷中，
再见，过于短促的夏天的强光！
我已听到枯枝朽木落自半空，
掉在石子地上发出凄然声响。

严冬就要回到我的身上：愤怒、
仇恨、颤抖、恐惧、苦活的强制性，
如同太阳进入极地这个地狱，
我的心将变成通红的一团冰。

我谛听下落的枯木，瑟瑟发抖，
搭刑架也没有这种回声凄戚。
我的心灵好似一座塔楼倾倒，
顶不住羊角槌不停歇的猛击。

受到这单调的撞击声的晃摇，

---

* 本篇最初发表于1859年1月30日的《现代评论》，当时不分章，后收入《恶之花》第二版列为第56首。曾由法国作曲家莫里斯·拉威尔和加布里埃尔·富雷谱成曲子。交叉押韵。

我觉得有人匆匆忙忙钉棺椁。
给谁钉？——昨天是夏季；秋已来到！
这神秘的声音像出殡的钟声。

二
我爱你长长的眼睛的淡绿光，
美人，但今天一切都令我悲戚，
你的爱情，你的壁炉，你的闺房，
我觉得都比不上大海的烈日。

但爱我吧，温柔的心，要做母亲，
即使对不肖子，即使对淘气包，
心上人啊，妹妹，给我片刻温馨，
就像潋滟深秋或者夕阳斜照。

任务短暂！坟墓等待，它很贪婪！
啊！让我把头枕在你膝盖上面，
对溽热的白夏感到无比哀婉，
一面欣赏晚秋柔和的黄色光线！

忧郁与
理想

下午之歌*

秋波诱人的女巫，
虽然你剑眉上冲，
给予你奇特面容，
不像天使的风度，

我爱你，轻佻姑娘，
我的热情多可怕！
像教士虔诚可嘉，
崇奉着他的偶像。

你粗而硬的辫子，
被沙漠、森林熏香，
你的头仪态大方，
蕴含谜语和奥秘。

清香环绕你全身，
像香炉散发清芬；

---

* 本篇最初发表于1860年10月15日的《艺术家》，后收入《恶之花》第二版列为第
58首。评论家对本篇歌颂的是谁莫衷一是。七音节诗，押韵方式为abba。

你像傍晚般迷人，
黝黑热情的林神。

啊！最强烈的媚药
也不如你的倦怠，
你深谙温存抚爱，
起死回生能做到。

你的腰肢在热恋
你的背脊和胸脯，
你懒洋洋的风度
使垫子万分喜欢。

有时，为了去平息
你那神秘的狂热，
你十分认真执着，
又咬又吻不在意。

你将用嘲讽笑意
折磨我，褐发姑娘！
又将如月的目光
投向我的心坎里。

我将自己的狂喜、
我的命运和才干，

放在你缎鞋下面
丝绸般的秀脚底。

你是光华，是色彩，
使我的心灵慰安！
西伯利亚的黑暗，
有巨热爆炸开来！

忧愁与漂泊*

告诉我，阿加特，你的心常飞翔，
远离污秽都市这黑色的大海，
飞往另一海洋，那里灿烂辉煌，
蔚蓝，清澈，深邃，像处女般可爱？
告诉我，阿加特，你的心常飞翔？

海洋，广大的海，安慰我们辛劳！
嘎声歌唱的海洋有怒吼狂风
这巨大风琴伴奏，是何种妖道
赋予它催眠女人的崇高作用？
海洋，广大的海，安慰我们辛劳！

把我带走，马车！把我载走，战舰！
远走！远走！这儿，烂泥由泪组成。
——阿加特悲哀的心灵难道果然
时常说：远离犯罪、痛苦和悔恨，
把我带走，马车，把我载走，战舰？

---

* 本篇最初发表于1855年6月1日的《两世界评论》，标题用拉丁文"Moesta et errabunda"，后收入《恶之花》第二版列为第62首。每节诗一、三、五和二、四行押韵，且一、五行重复。

芳香的天堂，你距我多么遥远，
在碧空下一切都是爱与欢欣，
人们热爱的都值得让人喜欢，
心灵都沉浸在纯洁的享乐里，
芳香的天堂，你距我多么遥远！

但充满纯真爱情的绿色乐园，
那些奔跑和歌唱，接吻和花束，
在山丘后面，小提琴颤动幽咽，
黄昏，在小树林里，一只只酒壶，
——但充满纯真爱情的绿色乐园。

充满暗中欢乐的纯净的乐园，
是否比印度和中国更远不可及？
能否以悲哀的呼喊把它召唤？
能否用银铃声使它获得活力，
充满暗中欢乐的纯净的乐园？

猫*

严峻刻苦的学者，热恋的情人，
到了成熟的岁数，都同样爱猫，
强壮温柔的猫，这是家中骄傲，
像主人一样深居简出和怕冷。

它们作为科学和享乐的朋友，
在追求着静寂和黑暗的恐怖；
如果它们能够降格屈尊为奴，
厄瑞波斯①会用作马来拉灵柩。

它们沉思时具有高贵的身姿，
像躺在幽僻深处的斯芬克司，
似乎沉睡在无尽无休的梦乡；

---

* 本篇最初发表于1847年11月14日的《海盗》杂志，附在朋友的一篇日记中，后
收入《恶之花》第二版列为第66首。这首诗受到20世纪结构主义学者雅各布森、
列维－斯特劳斯、穆南、戈德曼的重视，做过详尽分析。这首十四行诗的押韵方
式为：abba, cddc, eef, gfg。

① 厄瑞波斯，卡俄斯（混沌）之子，倪克斯（夜神）的兄弟，本意为"黑暗"，
也是阴魂进入冥界要走过的一段黑暗空间。

繁殖力强的腰充满魔幻火星，
一颗颗小金块如同细沙一样，
使它们神秘的瞳孔闪烁不定。

猫头鹰*

在庇护的黑水松下，
猫头鹰正排列成行，
像异教的天神一样，
红眼放光，沉思无话。

它们保持一动不动，
直到那忧郁的时刻，
那时黑暗推走斜晖，
重新确立，笼罩天空。

他们的姿态教会哲人，
在这世上就要谨慎，
防止喧闹，还有动荡；

有人醉心过眼烟云，
一心一意变换地方，
总是受到应有严惩。①

---

* 本篇最初发表于1851年4月9日的《议会通讯》，后收入《恶之花》第二版列为第
67首。题材可能取自一幅木刻。诗歌表达了诗人对法兰西第二帝国政治的厌恶。
这首八音节的十四行诗的押韵方式为：abba, cddc, eef, gfg。

① 诗人在散文诗《孤独》中引用了法国哲学家帕斯卡尔的一句话："几乎我们所
有的不幸，都来自不善于待在我们的房间里。"可以与此诗对照。

烟斗*

我是一位作家的烟斗，
看到我像卡菲尔①女人，
或像阿比西尼亚②女人，
就知我主人烟不停抽。

当他充满了痛苦忧愁，
我就像茅屋冒烟阵阵，
厨房在准备晚餐时分，
将归家的农夫来迎候。

从我那喷云吐雾的嘴，
升起变化不定的蓝网，
把他的灵魂缠住、摇晃。

我喷出了强烈的安慰，
使他的心感到乐陶陶，
治愈他的精神的疲劳。

---

* 本篇最初发表于《恶之花》初版中，为《忧郁与理想》的最后一首。这首十四行
　诗的押韵方式为：abba，abba，cdd，cee。
① 卡菲尔，18世纪布尔人对南非科萨人的贬称。
② 阿比西尼亚，原为古希腊对埃及以南地区的通称，今为埃塞俄比亚。

音乐*

音乐时常抓住我，像大海一样[1]
　　向着苍白的星，
冒着满天浓雾或向太空茫茫，[2]
　　我扬帆去远行；

我挺起了胸脯，将两叶肺膨胀，
　　像风将帆充盈，
攀爬着重重叠叠起伏的波浪，
　　夜遮得看不清；

我感到心中各种激情在颤动，
　　似遭难的航船；
好风、暴风和漫天的风狂浪涌，

---

* 本篇最初发表于《恶之花》初版中，后收入第二版列为第69首。这首诗表达了对瓦格纳的赞赏，混合运用亚历山大体和半亚历山大体，除最后两句，交叉押韵。

[1] 诗人于1860年2月19日给瓦格纳的信中说："我时常感到一种很古怪的感觉，这是要了解、要让自身渗透的豪情和享受，确实是感官的快意，活像上升到空中或滚到海里的那种快感。"

[2] 波德莱尔说过："任何音乐家都比不上瓦格纳善于描绘空间和深度，包括物质和精神两方面。"

在这浩渺深渊①

摇晃着我，时而又平静如明镜，

照我绝望心境！

---

① 波德莱尔论及瓦格纳时说："他拥有这种艺术：能通过灵活的渐进，反映精神
的人和自然的人一切过度的、巨大的、雄心勃勃的东西。"

恶之花 波德莱尔作品菁华集

092

破钟*

冬夜里待在毕剥、冒烟的炉边，
倾听浓雾中齐鸣的大钟歌唱，
遥远的往事慢慢地升上心间，
那是多么凄清，又是多么欢畅。

那嗓门儿洪亮的大钟十分侥幸，
它虽然衰老，然而灵巧而健壮，
忠实地发出庄严肃穆的声音，
像在营帐下守夜的老兵一样。

我呢，心灵已破裂，在它烦恼时，
企图以歌声充斥夜晚的寒气，
但是它微弱的声音往往变成

被遗忘的伤兵粗重的喘气声，
他躺在血泊旁的大堆尸体下，
无法动弹，却在千方百计挣扎。

---

* 本篇最初发表于1851年4月9日的《议会通讯》，属于《冥府》组诗，题名《忧
郁》，后收入《恶之花》第二版列为第74首（1855年6月1日发表在《两世界评
论》上时曾改名为《钟》）。1924年由法国作曲家安德烈·卡普莱谱成乐曲。这
首十四行诗的押韵方式为：abab, cdcd, eef, fgg。

忧郁之一*

雨月①，对整个城市感到很恼恨，
从瓮中倒出大量阴森的寒意，
洒向邻近的墓园苍白的亡魂，
在多雾的郊区造成大批死尸。

我的猫在砖地上将垫草找寻，
不停摇晃生疥疮的瘦削身子，
檐槽里徘徊着老诗人的灵魂，
像怕冷的幽灵，叫声多么凄厉。

大钟在悲鸣，袅袅冒烟的木柴
用假声来伴奏患感冒的钟摆，
这时，在一个患水肿的老太太

死后留下的臭烘烘的纸牌里，
红心杰克和黑桃皇后在一起
悲哀地谈论他们逝去的情爱。

---

* 本篇最初发表于1851年4月9日的《议会通讯》，属于《冥府》组诗，后收入《恶
之花》第二版列为第75首。第一节拟人化，第二节来自17世纪诗人圣阿芒的诗的
启发。这首十四行诗的押韵方式为：abab，abab，ccd，eed。

① 雨月，即1793年制定的法兰西共和历的第五月，相当于公历1月20日至2月18日
（对于某些年份有一两天的差异）。这一时期巴黎多雨雾，气候阴冷。

忧郁之二*

我回忆之多像活了一千多年。

一只大橱，抽屉里塞满了账单、
诗稿、情书、诉状，以及抒情歌曲，
还有沉甸甸的头发卷进收据，
隐藏秘密不及我忧郁的头脑。
这是一座金字塔、巨大的地窖，
比公共墓穴收容更多的尸体。
——我是一个月亮也厌恶的墓地，
那里爬行着长条蛆虫，好像悔恨，
它们总是追逐我死去的亲人。
我是古旧小客厅，摆满枯萎的玫瑰，
杂乱放着过时的时装一大堆，
发牢骚的粉画，布歇①的平淡作品，
散发出香气，像开口的香水瓶。

---

* 本篇属于《冥府》组诗，后收入《恶之花》第二版列为第76首。福楼拜曾在信中
说，这首诗"使他难过，色彩多么准确啊！啊，你了解存在的烦恼！你可以平平
淡淡地为此自豪"。两行一韵。
① 布歇（1703—1770），法国画家，雕刻家。

在多雪之年沉重的雪片下面，
在索然寡味结下的果实——厌烦
变得经年地持续不散的时候，
没有什么比跛行的岁月长久。
——今后，啊，有生命的物质，你只是
一块被朦胧恐怖包围的花岗石，
沉睡在多雾的撒哈拉沙漠里，
无忧世人漠视的古老斯芬克司，
遗忘在地图上，它的性情粗犷，
只会对夕阳的霞光放声歌唱。①

---

① 此处实指埃塞俄比亚的巨大石像原型门农，传说他在同阿喀琉斯决斗时战死，
宙斯将他的随从化为飞鸟，每年都飞到他的坟上哀悼他。

忧郁之三*

我好像一个多雨国家的国王，
豪富而无能，年轻却老人模样，
他蔑视家庭教师的奉承阿谀，
厌倦了他的狗，以及其他宠物。
无论猎物、鹰隼，还是老百姓
死在阳台前，都无法使他高兴。
宠幸的小丑唱起滑稽的民谣，
再不能使这无情病人眉开眼笑；
饰有百合花徽①的床变成坟墓，
梳妆女官觉得君王都有风度，
也无法打扮得更加不知廉耻，
让这个年轻的瘦鬼露出笑意。
为他炼制黄金的学者也不能
从他身体内排除腐败的成分，
罗马人传入的用鲜血来洗澡，
——权贵到了晚年便想这办法好，
也难重新温热这迟钝的尸体，
里面流着忘川的绿水，并非血液。

───────────

* 本篇列为《恶之花》第二版第77首。诗歌中提到的国王有多种解释，如指西班牙
国王腓力四世、法国国王查理九世、路易十八、查理二世等。两行一韵。
① 百合花是法国波旁王朝的纹章图形。

忧郁与
理想

097

忧郁之四*

低垂沉重的天幕像锅盖压在
忍受长久烦闷、呻吟的精神上,
它容纳地平线的整个儿圆盖,
向我们倾泻比夜更悲的黑光;

大地变成了一座潮湿的牢狱,
希望在那里像一只蝙蝠飞翔,
用胆怯的翅膀向着墙壁拍去,
又把头向腐烂的天花板乱撞;

雨水拖着那长而又长的水珠,
宛如一座大监狱的护条那样,
有一大群无声的卑污的蜘蛛,
在我们的脑壳深处张开蛛网。

这时大钟突然疯狂暴跳起来,

* 本篇最初发表于《恶之花》初版中,后列为《恶之花》第二版第78首。这首诗表
达了《恶之花》的主旋律。贯穿诗集的是描写巨大的精神压抑,高潮落在以《破
钟》为题的五首诗上,写的就是忧郁这个主题。诗歌运用了丰富的象征手法,将
抽象概念拟人化或寓意化。交叉押韵。

向天空投以一阵可怕的吼叫，
如同无家可归的游荡的鬼怪，
开始顽固而执拗地呻吟哀号。

——长列枢车没有鼓乐作为前导，
从我的心灵缓慢地经过；希望
战败而哭泣，残忍专制的烦恼
把黑旗插在我低垂的脑壳上。

自惩者*

献给J. G. F.①

我要打你，毫不动气，
毫不愤恨，无私铁面，
好像摩西②敲击巉岩！
我要从你的眼皮里

迸射出那痛苦之泪，
将我的撒哈拉浇灌。
我充满希望的心愿

---

* 本篇原题L'Héautontimorouménos，为罗马剧作家泰伦斯根据希腊剧作家米南德
的同名剧改编的喜剧。在诗歌的第一节，诗人自比所爱女人的刽子手。最后三节
说明他是自己的刽子手。本篇题名更可能来自约瑟夫·德·迈斯特在《圣彼得堡
夜话》中的一句话："一切恶人都是自惩者。"诗人原打算将诗歌发表在1855年
6月1日的《两世界评论》上。他在1855年4月7日写给该杂志的秘书的信中说：
"尾篇（给一位夫人）大约这样写道：让我在爱情中休息吧。——但不行。——
爱情不会让我休息。——天真和善良令人厌恶。——如果你想令我更欢喜，更新
我的愿望，那么就变得残酷、说谎、放荡、荒淫和窃取吧；——如果你不愿如
此，我就会不动气地殴打你。因为我是嘲讽的真正代表，我的病是绝对无法治愈
的。"收入《恶之花》第二版时列为第83首。八音节诗，押韵方式为abba。
① 1857年5月10日发表于《艺术家》时没有这行献词。J. G. F.是谁，众说纷纭。
克雷佩认为是"献给豪爽的，或伟大的，或光荣的女性让娜"；波米埃认为是
"献给可爱的女性让娜"。
② 摩西是以色列人的先知，他带领族人出埃及，寻找乐土。

在你的咸泪中游水，

像一艘出海的船只；
我陶醉于泪的心间，
响起你可爱的呜咽，
好像擂鼓发起冲击！

莫非我是不调和者
混入神圣的交响乐中，
依仗着贪婪的反讽，
它摇晃我，咬我的心？

我的尖叫声含挖苦！
黑色毒药是我的血液！
我是一面不祥的镜子，
照镜的是一个泼妇。

我是伤疤，又是匕首！
我是耳光，又是脸皮！
我是车轮①，又是四肢，
是受害者和刽子手！

---

① 古代的一种酷刑，将人的四肢打断，然后放在车轮上，让其死去。

我是心中的吸血鬼，
—— 一个永远脸上含笑
却怎么也笑不了的，
了不起的被遗弃者！

时钟*

时钟，不祥和可怕、冷漠的神灵，
它的手指威胁我们说："请记住！
好像射中靶一样，战栗的痛苦
不久就植根你恐怖万分的心；

"轻烟似的快乐将消失在天边，
好似一个气精退到后台深处；
每个人正当盛年得到的欢娱，
每一时刻都要被吞噬掉一片。

"一小时三千六百次，每一秒钟
都在低语：记住！——'现在'匆匆开言，
以昆虫似的声音说：我是'从前'，
我用脏吸管吸，将你的命断送！

"请记住！①请记住，浪荡子！记心头！②

---

* 本篇最初发表于1860年10月15日的《艺术家》，后收入《恶之花》第二版列为第85
  首。时间流逝的题材在巴洛克诗歌中就已出现。可参阅《大敌》。押韵方式为abba。
① 原文是英语。
② 原文是拉丁语。

（我的金属嗓子会说各种语言。）
淘气的凡人，分分秒秒是矿岩，
不提炼出黄金，万万不可松手！

　"请记住，时间是个贪婪的赌棍，
每次赢钱不用搞鬼！总是如此。
白昼缩短；黑夜延长；请你牢记！
深渊总在喊渴；漏壶一物不存。

　"这一刻快要敲响：神圣的'机遇'，
庄严的'美德'，你的还是处女之妻，
甚至连'悔恨'（噢！最后的归宿地！）
都对你说：为时已晚，死吧，老懦夫！"

巴黎风光

Tableaux Parisiens

赠给一个红发女乞丐*

红发白肤的姑娘，
你衣衫百孔千疮，
显露出你的贫困，
　　却长得俊。

对我这个瘦诗人，
你年轻、病弱之身，
布满了点点雀斑，
　　令人喜欢。

你脚踏沉重木鞋，
比天鹅绒厚底靴，
传奇王后那一种，
　　更为雍容。

若把太短的破布
换上宫廷的华服，

---

* 本篇的原型是个街头卖唱女。诗歌可能早在1839至1840年写成，后收入《恶之花》第二版列为第88首（《巴黎风光》部分）。由七音节诗与四音节诗组成。押韵方式为aabb。

让窸窣的长褶裙
　　拖到后跟；

再换掉你的破袜，
金匕首腿上一挂，
在放荡的人来看，
　　金光灿灿；

细扣系得并不紧，
我们罪人看得清，
露出漂亮的乳房，
　　像眼一样；

如要你宽衣解带，
你的手不听安排，
推开调皮的手指，
　　十分固执，

色泽明艳的珠子、
贝洛①大师的短诗，
由拜倒你的情郎
　　不断呈上，

① 贝洛（1528—1577），法国七星诗社诗人。

爱写歪诗的仆人
将问世诗集敬呈，
在台阶下面注视
　　你的鞋子，

不少猎艳的侍从，
不少龙萨①和王公，
会看上你的雅宅，
　　追欢求爱！

你在床上全数过，
香吻比百合还多，
远不止一个王侯
　　对你迁就！

——可是，如今你行乞，
残羹剩饭权充饥，
躺在那十字街头，
　　酒店门口；

你斜眼偷窥，看清
不值钱的装饰品，

---

① 龙萨（1524—1585），法国七星诗社主将，作品有《爱情集》《致爱伦娜的
　十四行诗》等。

噢！对不起，我无力
　　赠送给你。

得，香水、珍珠、钻石，
再没有别的装饰，
只剩瘦弱的光身，
　　我的美人！

天鹅*

献给维克多·雨果①

一

安德洛玛克②，我想起你！那小河，
是可怜可悲的镜子，映出从前
你孀居之苦的无比庄重凄恻，
假想的西摩伊斯③，被你的泪涨满。

正当我穿过新的骑兵竞技场，
我坚实的记忆突然变得丰富。
古老巴黎不复存在（城市模样，
唉，比起人心改变得更加迅速）；

我只有在脑际见到大片板屋，
一堆堆刚加工的柱头和柱身，

---

* 此篇最初发表于1860年1月22日的《座谈会》，后收入《恶之花》第二版列为第89
　首。1846年初曾有四只野天鹅落在杜伊勒里宫的大池子里，引起舆论注意。交叉押韵。
① 1859年12月7日波德莱尔写信给雨果："这首诗是为了您并且想起您而作的。"
② 安德洛玛克，特洛伊英雄赫克托耳之妻。丈夫战死后，她被希腊人掳去。
③ 西摩伊斯，特洛伊河名。安德洛玛克被俘后，在一条像西摩伊斯的小河旁筑了
　一座空墓，哭祭丈夫。

野草，被水潭浸绿的巨石基础，
投影在窗子上的旧货乱纷纷。

那儿从前伸展着一个动物园，
寒冷明净的天空下，有天早晨，
"劳动"苏醒过来，从垃圾场那边
在沉寂的空气中卷起了黑尘。

我看到一只天鹅从牢笼出逃，
用长蹼的脚摩擦干燥的石子，
在不平的地上拖着雪白羽毛。
这只鸟张开嘴来到无水小溪，

在尘埃中神经质地沐浴双翼，
铭记着故乡美丽的湖水。它说：
"雨啊，何时降落？雷啊，何时响起？"
我看到这神奇而不幸的天鹅，

像奥维德的人类①，有时向天穹，
向冷嘲的、蓝得令人难受的天，
伸长渴望的头，脖子不时牵动，
它好似向天主发出如许的责难！

① 古罗马诗人奥维德的《变形记》第一歌第84—85行："人类具有可以仰望的高
贵面孔，能让他的眼睛仰视星空。"波德莱尔在《迸发篇》中说："奥维德认
为，人类的面孔生来是为了反映星星的。"

二

巴黎正在改变！但是我的忧郁
丝毫没变！新宫殿、脚手架、石块、
旧郊区，一切对我都变成讽喻，
我亲切的回忆比岩石更实在。

卢浮宫前有个形象给我压迫：
我想起大天鹅，那发狂的举止，
像流亡者一样，既可笑又卓越，
被愿望不断折磨！其次想起你，

安德洛玛克，从伟大丈夫的怀抱，
像贱畜落入俊美的皮罗斯①手里，
待在一座空墓旁边发呆、弯腰，
赫克托耳的遗孀！赫勒诺斯②之妻！

我想起黑姑娘，她生肺病，精瘦，
在泥泞中踯躅，目光凶恶狠毒，
寻找在浓雾织成的大墙后头
见不到的壮丽非洲的椰子树；

想起失去所有、无法复得的人，
无法复得！想起那些失声痛哭，

---

① 皮罗斯，即涅俄普托勒摩斯，阿喀琉斯之子，有一头漂亮的头发。
② 赫勒诺斯，先知，皮罗斯死后，他同安德洛玛克结婚。

像好心的牝狼吮吸痛苦的人！
那些瘦削孤儿，他们像花儿干枯！

因此，在我精神流亡的森林尽头，
遥远往事悠悠传出号角声声！
我想起被遗弃在岛上的水手，
想起囚徒、战败者！……其他许多人！

七个老头儿*

献给维克多·雨果

万头攒动之城，充满梦幻之都，
幽灵光天化日拉住行人衣衫，①
神秘像树液一样流淌到各处，
进入强大的巨人狭小的脉管。

一天早晨，阴郁街道上的房屋，
好似被浓雾拉长得更加高耸，
又像暴涨的河两边码头分布，
这黄色的浊雾铺天盖地漫涌，

恰如一幅演员灵魂似的布景，
我像演主角一样神经要挺住，
跟我已疲倦的灵魂争论不停，
沿着载重车震撼的郊区踯躅。

---

* 本篇同《小老太婆》均发表于1859年9月15日的《现代评论》，原名为《巴黎幽灵》，后收入《恶之花》第二版列为第90首和第91首。诗人把这两首诗献给雨果，说是"我非常担心轻而易举就超越了给诗歌规定的界限"。雨果在回信中说："你在往前走。你在前进。你给艺术的天地带来了难以形容的阴森之光。你创造了新的战栗。"（10月6日的信）交叉押韵。
① 指妓女拉住行人。

突然出现个老头儿，黄色的破衫
酷似阴雨的天空一样黑压压，
如果不是眼中凶光忽闪忽闪，
他的相貌会使施舍如雨落下，

可以说他的眸子浸在胆汁里，
他的目光宛若白霜凛冽逼人，
他的大胡子像把剑那样硬直，
如同犹大的胡须根根向外伸。①

他不伛偻，而是折断，他的脊梁
跟大腿形成一个完全的直角，
以致补全他的相貌那根拐杖
使他步履蹒跚，又使他的外貌

像瘸腿的走兽，三条腿的犹太人。②
他在雪地和烂泥里磕磕绊绊，
他对世界不是冷漠，而是仇恨，
仿佛在破鞋下把死人都踩烂。③

① 这是流浪的犹太人的形象，经过法国历史学家埃德加·基内和小说家欧仁·苏
的小说（《流浪的犹太人》）的描写，这个形象成为19世纪的传说人物。
② 暗指斯芬克司向俄狄浦斯提出的谜语。
③ 在波德莱尔看来，流浪的犹太人是一个反叛者，他拒绝爱的责任。可参阅《反
叛者》。

又一个跟着他：同样的胡子、眼神、
脊柱、拐杖、破衫，来自同一地狱。
百岁双胞胎，两个古怪的幽魂，
朝着未知目标，彼此亦步亦趋。

我成了什么卑鄙阴谋的目标？
或者是什么厄运这样羞辱我？
因为不祥的老头儿增加了不少，
随着时间，我数到了七个之多！

但愿哧哧耻笑我的惴惴不安，
产生不了兄弟之情战栗的人，
仔细地想一想，尽管衰朽不堪，
这七个丑怪的神态显得永恒。①

我会安然无恙，去凝视第八个？②
他同样冷酷，受嘲笑，带来噩运，
讨厌的长生鸟，父子同体混合。
——但我对这可怕的一群转过身。

---

① 令人想起流浪的犹太人被罚永生永世行走不停。
② 有的评论认为可以联想到《麦克白》中的这几句诗："又是一个！第七个！我
不想再看。可是第八个出现了，他拿着一面镜子，我可以从镜子里面看见许许
多多……"

我像醉眼蒙眬的酒鬼被激怒，
回到家，关上门，心中万分骇怪，
得了病，冻麻木，精神兴奋，糊涂，
受到神秘和荒诞情景的伤害！

我的理智徒劳地想掌握方向，
肆虐的风暴把它的努力击破，
我的心像在可怕、无边的海上
没有桅杆的旧驳船那样颠簸！①

---

① 人或人的精神像一艘没有桅杆的船，这是自彼特拉克以来的传统表现形式，但
波德莱尔借助幻象，增强了表现力。

小老太婆*

献给维克多·雨果

一

在古都像褶皱的弯曲街巷中，
一切，甚至恐怖，都有魅力成分，
我服从无法抵御的习性操纵，
窥伺那些奇特、衰弱、可笑的人。

这些残缺的怪物从前是女郎，
像艾波宁或拉伊丝！①如今腰弯，
请爱这些怪物！她们心地善良。
她们穿着破裙和冰冷的衣衫，

---

* 波德莱尔在给友人的信中说，这首诗模仿了雨果。他在给雨果的信中说："第二
首诗是为了模仿您而作的（请嘲笑我的自负，我也嘲笑自己）。我又读了您的诗
集中的几首诗，其中高贵的仁慈与非常动人的亲切混合在一起。"（1859年9月
23日）他模仿的是《东方集》中的一首诗。从1851年8月起，诗人对老妇人就有
"不可抑制的同情"。普鲁斯特认为，在这首诗中："她们的痛苦没有一样逃过
他的眼睛……画面的叙述美和特征美使他不向残酷的细节后退一步。"（《驳圣
伯夫》）交叉押韵。

① 两者以德行和恶行相对照。艾波宁是高卢人萨比努斯之妻，萨是反抗罗马统治
的起义首领之一。艾波宁帮助丈夫躲藏（他被发现后判死刑）在山洞中。她不
愿活下去，痛斥罗马皇帝而被处死。拉伊丝是古希腊好几个名妓的名字。

蹒跚而行，受到无情的北风鞭打，
听到马车的辚辚声便要战栗，
像挟着圣物一样，在胁部紧夹
一只小提包，上面绣花或绣字谜；

她们碎步疾走，全像木偶一样；
仿佛受伤野兽，拖着步子行走，
或像无情魔鬼攀附的可怜铃铛，
不情愿地晃荡！虽然已经老朽，

她们的眼睛锐利如同钻孔器，
像坑洼的积水在黑夜里闪烁；
她们的眼睛似小姑娘般神奇，
看见闪光的东西就惊讶、快活。

——你可注意到许多老妇的棺木，
几乎同孩子的棺材一样大小，
博学的死神在这类棺椁里放入
一种象征，有奇特、迷人的格调，

而当我瞥见一个赢弱的幽魂
穿过巴黎这万头攒动的图景，
我便总是觉得这个脆弱的人
在缓慢地向一个新摇篮迈进；

只要我看到这些不和谐的躯体，
便会对几何学做出千思百想。
工匠要把这些尸体放进棺材里，
需要多少次改变棺木的形状。

——这些眼睛由万斛泪水之井组成，
又是坩埚，上面闪烁着冷却金属……
对于严峻的厄运所哺育的人，
这些神秘眼睛魅力无法抗拒！

二

过去，弗拉斯卡蒂①热恋的贞女②，
塔利亚③的女祭司，唉！戏后之底——
那提词员知她芳名，轻佻名姝，
在旧日蒂沃利④的花丛中荫庇，

她们使我陶醉！这些人虽脆弱，
但有的把痛苦酿成了甘饴，
曾对给了她们翅膀的忠良说：
强有力的天马，把我带往云霄！

---

① 弗拉斯卡蒂，指巴黎黎希留街约于1770年建造的一座房子，1796年那不勒斯人
　加尔奇在此仿照弗拉斯卡蒂的赌场，开设容纳妇女入内的赌场，到1836年底
　关闭。
② 原指古罗马侍奉女灶神的贞女。
③ 塔利亚，希腊神话司喜剧的缪斯，她的女祭司指女演员。
④ 蒂沃利，位于罗马东面的一座城市，1549年在此建造了一座有名的别墅，花园
　和喷泉非常美观。

其中一个为了祖国历尽艰苦，
一个为丈夫承担超负荷烦恼，
另一个为孩子成了穿胸圣母①，
她们流下眼泪，汇成河水滔滔。

三

啊！我曾跟在这些小老妪后面，
其中有一位，正当落山的太阳
用那鲜红的伤口染红了苍天，
她端坐在一边的长凳上遐想，

为了倾听铜管乐丰富的音色，
要等军乐队在公园里面表演，
在令人振奋的金色傍晚，音乐
把英雄主义注入市民的心田。

这一位身板笔直，骄矜而严峻，
在贪婪地吸入这热烈的军乐；
她的眼睛有时像鹰隼般圆睁；
玉石般的额角似为桂枝而设！

〉恶之花 波德莱尔作品菁华集〉·

122

---

① 圣母马利亚看到耶稣被钉在十字架上，如利剑穿胸般难受。后世画家画痛苦圣
母像，常在她胸上画上插着一把剑。

四

你们就这样淡泊和怨尤全无，
穿过熙熙攘攘的都市的混乱，
心头流血的母亲、妓女或圣徒，
从前，你们的名字口口相传。

你们曾是优雅和光荣的化身，
如今谁认识你们！粗野的酒鬼
走过时向你们调情，侮辱你们，
可恶的顽童蹦跳着在后面跟随。

身影干瘪，你们活着感到困窘，
胆小弯腰，你们走路沿着墙根，
没有人招呼你们，奇异的命运！
你们是人类老朽，等待着永生！

但我从远处亲切地观察你们，
不安的目光注视跟跄的步子，
简直像你们的父亲，奇迹产生！
我暗暗品尝乐趣，你们却不知：

我看到你们迸发稚嫩的热情，
我看到你们明与暗的逝去岁月，
我的心分享你们的陋习恶行！
我的心灵闪耀着你们的美德！

废物！同我一家！噢，一样的智力！
我每天晚上向你们庄严话别，
八旬的夏娃们，主的可怕爪子
攫住你们，明天你们何处安歇？

盲人*

我的心灵，看看他们，他们真可怕！
如同人体模型，略微有点可笑；
像梦游病患者，骇人而且奇妙；
黑洞洞的瞳仁不知投射到哪儿。

他们的眼睛失去神圣的光辉，
总是仰面朝天，仿佛遥望远方；
从来见不到他们在沉思凝想，
把沉重的头颅向着路面低垂。

他们就这样穿越无边的混沌，
这永恒沉默①的兄弟。噢，大都城！
正当你在我们周围欢笑、唱歌、

125

---

* 最初发表于1860年10月15日的《艺术家》，后收入《恶之花》第二版列为第92
首。题材来源有二：受尼德兰画家布鲁盖尔的油画《盲人》启发；受霍夫曼《短
篇遗作》影响。这篇小说中的"我"说，看到盲人抬头的方式，便可以认出他
们；堂兄回答，体内的眼睛竭力瞥见在来世闪耀的永恒之光。由肉体的盲目去象
征思想的盲目是传统题材。这首十四行诗押韵方式为：abba，cddc，eef，eef。

① 这句诗令人想起法国哲学家帕斯卡尔的一句名言："无限空间的永恒沉默使我
害怕。"

叫喊，醉心欢乐，简直显得残忍，
请看！我也在踯躅！但更加愚笨，
我说：这些盲人朝天寻找什么？

赌博*

年老的妓女在褪色椅子上落座，
苍白，画眉，目光温柔，万种风情，
卖弄风骚，从她们瘦削的耳朵
传出宝石和金属碰撞的声音；

围绕绿呢赌桌，面孔不见嘴唇，
嘴唇不见血色，颌部没有牙齿，
手指由于高烧引起拘挛阵阵，
掏着空瘪口袋或颤动的胸衣；

肮脏的天花板下，一排苍白吊灯
和巨大油灯投射出灼灼光芒，
照亮了著名诗人阴沉的脑门儿，
他们把一点血汗钱输得精光。

这幅阴暗画面是我在夜梦里
透过明亮的眼睛看到的情景。

---

* 本篇最初发表于《恶之花》初版中，后收入第二版列为第96首，再版时做了改
  动。波德莱尔在《几个法国讽刺画家》中评论卡尔·韦尔内的版画时，想到创作
  此诗。交叉押韵。

我呀，支着肘，身发冷，无声无息，
在寂静的赌窟一角，抱羡慕之心，

羡慕这些人具有坚忍的嗜癖，
羡慕这些老妓女阴森的欢笑，
他们在我面前尽情进行交易，
前者用旧名声，后者却用妖娆！

如许的可怜虫，狂热奔向深渊，
我的心由于嫉羡他们而恐惧，
他们陶醉于自己的鲜血，宁愿
痛苦不要死，下地狱胜过虚无！①

---

① 波德莱尔在《迸发篇》中写道："生活只有一种真正的魅力，这就是赌博的魅
力。不过。输赢对我们是无所谓的吗？"

巴黎的梦*

献给康斯坦丁·居伊①

一

像这种可怕的景物，
凡人从来没有见过，
这幅图画遥远模糊，
今晨仍然使我快活。

睡梦中充满了奇迹！
奇思怪想从旁协助，
面对这些怪异景致，
我排除变幻的植物，

好似画家自炫其美，
我在这画幅中赏玩

---

* 本篇最初发表于1860年5月15日的《现代杂志》，后收入《恶之花》第二版列为
第102首（《巴黎风光》部分）。诗人在服用鸦片或印度大麻后出现了幻觉，这
就是所谓"人造天堂"。梦是一种逃脱，诗人在这时度过了"幸福的时刻"。诗
歌的第二部分回到现实世界。八音节诗。交叉押韵。

① 康斯坦丁·居伊（1802—1892），法国画家、雕刻家，曾参加希腊独立战争，
描绘军旅生活、巴黎的典雅生活。波德莱尔在《现代生活画家》中赞扬过他。
但这首诗与居伊的画风大相径庭。

巴黎
风光

129

由金属、大理石和水
组成的迷人的呆板。

楼梯、拱廊之塔通天，①
这是一座无尽王宫，
布满水池，瀑布成帘，
落在灰暗的金盆中；

那些沉甸甸的瀑布，
仿佛水晶帘子一样，
熠熠闪光，令人目眩，
挂在金属的墙壁上。

沉睡的池塘绕一圈，
不是树木，而是柱子，
那里有巨大的水仙
像妇女在照镜梳洗。

红绿相间的堤岸间，
碧波平展，汩汩流泻，
几百万里，奔腾向前，
一直流到天涯海角；

---

① 指巴别塔，《创世记》中，挪亚子孙在示拿建造通天塔，未成。

这是些稀世的宝石，
有魔力的流水；这是
巨大的炫目的镜子，
映出形形色色景致！

恒河在苍天中奔突，
无忧无虑，悄无声息，
把坛中的珍宝倾注
在钻石构成的渊底。

这座仙镜由我建造，
我完全能随心所欲，
在一条钻石的隧道，
将驯服的海洋注入。

于是，一切，甚至黑色，
显得锃亮、明快、泛红；
流水在凝聚的光线内
镶嵌着自身的光荣。

任何星星、太阳残照
也不在那天穹之底，
以自身的光芒闪耀，
为了照亮这些奇迹！

在这波动的奇观上，
笼罩着（可怕的新奇！
目观一切，不闻声响！）
一大片永恒的静谧。

二
我睁开火热的眼睛，
看到陋室不堪入目，
感觉可诅咒的愁情
深深刺入心灵深处；

挂钟敲响阴郁声音，
乱糟糟地报告正午，
上天把黑暗的阴影
向麻木的浊世倾注。

黎明*

在兵营的院子里起床号吹响，
早晨的微风在路灯上面飘荡。

这时候，一群群恶作剧的梦魇
使棕发青年在枕上反侧辗转；
在晨曦中，灯光形成一个红点，
宛如起伏颤动、布满红丝的眼；
灵魂受到粗糙、笨重的肉体压迫，
在仿照着路灯和晨曦的肉搏。
空气充满了消逝事物的抖颤，
像和风拂拭的泪水涟涟的脸，
男人倦于笔耕，女人倦于爱恋。

远近的房舍开始冒出了炊烟。
寻欢的女人闭上青紫的眼皮，
嘴巴张开，酣然入睡，蠢得可以。
穷女人垂着干瘪冰凉的奶子，

---

* 本篇最初发表于1852年2月1日《一周戏剧》，后收入《恶之花》第二版列为第103首。据普拉隆回忆，诗人在1843年朗诵过这首诗："他同母亲、当将军的继父待在一起，实际上听到了晨号。"两行一韵。

一面吹着余炭，一面呵着手指。
这时候，在寒冷和吝啬夹击下，
产妇的痛苦越来越严重可怕；
远处雄鸡的啼鸣划破了雾气，
好似冒泡的鲜血切断了抽泣，
一片雾海把建筑物通通浸润，
在济贫院深处的垂危的老人
断续打嗝，发出喘气，就要临终。
精疲力竭的浪荡鬼回到家中。

长袍粉红骏绿的黎明巍颤颤，
在空荡的塞纳河上慢慢向前，
阴沉沉的巴黎，揉着睡眼惺忪，
拿起它的工具，像勤劳的老翁。①

---

① 雨果在《心声集》的《致一个富人》中，也将巴黎比作一个老翁。

酒
Le Vin

酒魂*

有一晚，酒魂在酒瓶里一唱三叹：
"人啊，亲爱的，你是多么不幸，
在我的玻璃牢狱和红封漆下面，
我给你唱支歌，充满博爱、光明！

"我知道，在烈火燃烧的山冈上，
为了创造我的生命，给我灵魂，
需要多少艰难、汗水、灼热阳光，
但我绝不会忘恩负义，不义不仁，

"当我流入精疲力竭者的喉咙，
我会感到一种无穷尽的快意，
他温热的胸膛是温馨的墓冢，
我得其所哉，胜过在冷地窖里。

"你可听到礼拜日叠句的回响？
可听到希望在我搏动的胸中高歌？

酒

137

---

* 本篇最初发表于1850年6月的《家庭杂志》，后收入《恶之花》第二版列为第104
首。普拉隆认为此诗作于1843年底之前，原名为《正直人的酒》。交叉押韵。

你挽起袖管，肘子支在桌子上，
你会赞美我，你会感到很快活；

"我会使你欢欣之妻目光灼灼；
我会给你的儿子力气和红颜。
对于脆弱的生活搏斗者来说，
我将是油脂，使斗士肌肉更坚。

"我是永恒播种者①播撒的良种，
作为精美素食，流入你的体内，
诗歌就产生于我们的挚爱中，
像奇花异草一样向天迸射！"

---

① 指基督。《马太福音》第13章第37节写道，耶稣回答他的门徒："那撒好种的就是人子，田地就是世界，好种就是天国之子，稗子就是那恶者之子。"

拾荒者的酒*

在泥泞的迷宫，古老郊区中心，
人们乱蹿乱动，构成动荡起因，
夜风摆动路灯火焰，震动小窗，
常常借着路灯红殷殷的光芒，

可以看到拾荒者在摇头晃脑，
他像诗人，有时撞墙，有时倚靠，
对密探及其爪牙都不加考虑，
吐露他的心声，他作宏伟蓝图。

他发出誓言，宣读崇高的法则，
要把恶人打倒，要扶起受害者，
在像华盖高悬一样的穹隆下，
他陶醉于自身的美德的光华。

是的，这些人受够了家庭困苦，
工作得疲乏不堪，又年老孤独，

---

* 本篇有各种手稿，最早的写于1843年末以前，后收入《恶之花》第二版列为第
  105首。拾荒者是七月王朝时期巴黎夜晚常见的下层人物，画家杜米埃曾有过描
  绘。两行一韵。

被一大堆破烂儿压得弯腰曲背，
这是巨大的巴黎吐出的污秽。

他们回来时发出酒桶的香味，
战斗得头发白的同伴在后跟随，
他们的胡子像旧旗一样垂直。
各种旗帜、花朵和凯旋门耸立

在他们面前，魔术是多么壮观！
一片军号、阳光、铜鼓和叫喊
组成的狂欢，光闪闪，使人目眩，
他们给博爱的人民带来荣誉！

就这样酒变成闪光的帕克多河①，
穿过浮躁人生，泛起黄金之波；
它通过人的嗓子，歌颂自身功绩，
像真正的国王，运用才能统治。

对于所有默默死去的垂危老人，
为了消除其辛酸和麻木不仁，
天主感到内疚，以长眠作安息，
人类又添上酒，它是太阳的圣子！

---

① 帕克多河，古代吕底亚的河流。神话传说中，弥达斯在此河中沐浴，河水变成
金沙。因此帕克多河成为财源的别称。

情侣的酒*

今日天空多么明亮!
没有马衔、马刺、马缰,
我们也要骑上美酒,
到神圣的仙境神游!

好似两个天使一般,
被无情的热病纠缠,
在清晨的蓝莹莹里,
追逐远方蜃楼海市!

乘着精神旋风之翼,
摇摇晃晃,尽情消受,
就在同样的谵妄里,

妹妹,我们并肩遨游,
没有休息,持续不断,
逃往我的梦想乐园!

---

* 本篇最初发表于《恶之花》初版中,后收入第二版列为第108首。这首八音节的
十四行诗押韵方式为:aabb, ccdd, efe, fgg。

恶之花

Fleurs du mal

被害的女人*

——一个不为人知的大师的绘画

周围是瓶子、银丝闪光的布匹、
　　　十分惹人爱的家具、
大理石、油画和褶皱雍容华丽、
　　　香气扑鼻的裙裾，

在这温室一样暖洋洋的房里，
　　　空气能置人于死命，
快枯死的花束在玻璃棺材里
　　　散发出最后的芳馨，

一具无头尸体，鲜血就像小溪，
　　　流到干渴的枕头上，
枕布吮吸殷红的鲜活的血液，
　　　像久旱不雨的牧场。

---

* 本篇最初发表于《恶之花》初版中，后收入第二版列为第110首（《恶之花》部分）。据法国作家邦维勒在《浪漫派笔记》中的一则故事（《写给女人的故事》）介绍，有个诗人在1842年到一个歌女家里，她不在家，诗人坐在客厅里构思一首诗，描写一个女人被人刺杀。巴尔扎克的《金眼女郎》为此诗提供了背景。副标题是托词，并无实指。全诗由十二音节和八音节组成，交叉押韵。

仿佛黑暗产生的白蒙蒙的幻影，
　　　　吸引住我们的双眼，
她一头浓密的长发乌黑发青，
　　　　以珍贵首饰来装点，

像毛茛一样搁在床头柜之上；
　　　　从翻白的一双眼睛，
露出朦胧的缺乏思想的目光，
　　　　苍白暗淡如同黎明。

毫无顾忌的裸体平躺在床上，
　　　　姿态十分从容随意，
展示勾魂的美和隐秘的端庄，
　　　　那是大自然的恩赐；

腿上一只绣金花的暗红袜套，
　　　　像纪念品一样留下；
吊袜带如同神秘眼睛在燃烧，
　　　　闪射出钻石的光华。

这种孤寂和慵态的大幅肖像，
　　　　构成很古怪的画面，
肖像的眼睛和姿态呈挑逗相，
　　　　显示一种邪恶爱恋。

〈 恶之花　波德莱尔作品菁华集 〉·

罪恶的快乐和充斥狂热亲吻
　　那不可思议的节庆，
一群恶魔在窗帘褶皱里藏身，
　　对此情景深感欢欣；

但是，看到肩胛轮廓突出显现，
　　线条优美，但很瘦削，
臀部有点尖起，腰身十分矫健，
　　活像一条激怒的蛇，

她还非常年轻！——她激怒的心灵
　　和烦恼折磨的感官，
已对徘徊和迷途的贪婪激情
　　将那大门半开半掩？

你生前深爱这喜报复的情夫，
　　却未能满足他所想，
他对你听凭摆布的不动身躯，
　　发泄他无边的欲望？

回答我，污秽的尸体！狂热的手
　　可抓住长辫提起你？
告诉我，可怕的头，你冰冷的口
　　可打上他诀别印记？

——远离嘲笑的世界和污秽人群，
　　远离那些好奇法官，
安睡吧，安睡吧，这奇怪的女人，
　　躺在你神秘的墓园；

你丈夫跑遍天涯，你不朽的形体
　　当他睡熟，守护着他；
他像你一样无疑会忠实于你，
　　直到死都不会变化。

基西拉岛之游*

我的心像小鸟一样，快乐飞翔，
绕着缆绳四周，自由自在盘旋，
轻舟颠簸在无云的天空下面，
仿佛陶醉于艳阳的天使一样。

什么岛悲凉又黝黑？据说这是
基西拉岛，诗歌中有名的村落，
一切独身老汉的寻常黄金国。
看哪，总之，这是一块贫瘠土地。

——甜蜜奥秘和心灵的节日之岛！
古代维纳斯女神壮丽的幻影，
像芬芳阵阵在你的海上飞行，
使人们的心里充满爱和苦恼。

美丽的岛布满绿色的爱神木、
盛开的花，它受到全民族盛赞，

* 本篇最初发表于1855年6月1日的《两世界评论》，后收入《恶之花》第二版列为
第116首。基西拉岛，希腊南端的海岛。诗人大约受到法国诗人奈瓦尔于1844年
8月11日发表在《艺术家》上的一篇游记的启发，该文描写在海岸觅到三叉绞刑
架。普拉隆在1846年之前听诗人朗诵过这首诗。每节押韵方式为abba。

恶之花

149

崇敬者的心中迸发出的感叹，
像蔷薇园上空一样清香飘浮，

或像一只野鸽咕咕叫不止息！
——基西拉岛只是最贫瘠的土地，
尖叫扰乱天空。荒漠布满乱石，
但是我瞥见一样古怪的东西！

这并不是一座神庙，浓荫覆盖，
爱花的年轻女祭司款款走过，
她的身体燃烧着神秘的情火，
掠过的微风把她的长袍掀开；

我们的船靠近海岸缓慢航行，
我们的白帆使鸟儿纷纷散开，
我们看到有三个支架的绞刑台，
像棵柏树，黑乎乎在空中掩映。

凶恶的鹰落在它们的食物上，
发狂地啄食已腐烂的绞刑犯，
污秽的鸟嘴好似一把刀一般，
戳进腐尸血淋淋的每个地方；

眼睛是两个洞，从啄烂的肚子
淌下沉甸甸的内脏，垂到腿肚，

那些刽子手，饕餮一顿，令人厌恶，
一啄啄最后把腐尸阉割完毕。

在他脚下，一群野兽，垂涎欲滴，
嘴巴朝上，转来转去，徘徊绕圈，
最大的一只在中间躁动不安，
像一个执行者，助手簇拥而至。

基西拉岛民，万里晴空的子孙，
你默默无声地忍受这种侮辱，
为你卑劣的信仰抵偿掉罪恶，
你的罪孽使你死后无地葬身。

可笑的绞刑犯，你我一样受苦！
看到你的四肢摆动，我就感觉，
以往的痛苦像胆汁汇成长河，
涌到我的嘴边，仿佛就要呕吐；

可怜虫，你有珍贵回忆，面对你，
我感到乌鸦啄人的嘴在刺戳，
黑豹张开强有力的下颚咬我，
它们从前那样爱吃我的肉体。

——天空十分迷人，大海波平如镜；
今后，对我来说，一切黑暗、血红，

唉！我像包在厚厚的裹尸布中，
这种寓意深深埋藏着我的心。

维纳斯啊！在你的岛上，我只见
耸立着象征性绞架，吊着我的形象……
——啊！天主！请赐给我勇气和力量，
将我的身心毫无厌恶地观看！

爱神和颅骨*

古老的尾花①

在人类的颅骨上方
　　安坐着爱神,
这渎神者在宝座上
　　笑得多阴沉,

他快乐地吹着圆泡,
　　一个个腾空,
像要飞到九天云霄,
　　来到星空中。

闪光而脆弱的小球
　　一直向上冲,
它的柔魂破裂迸流,
　　像个黄金梦。

我听到颅骨对球体
　　祈求，诉苦衷：
"这残酷可笑的游戏
　　何时才告终？

"因为你无情的嘴巴，
　　这杀人魔鬼，
吹散的是我的脑花，
　　还有肉和血！"

叛逆

Révolte

圣彼得的否认*

这如潮的诅咒天主怎样应付？
每天骂声升向他亲爱的天神。
他好像一个塞满酒肉的暴君，
在轻轻而可怕的骂声中睡熟。

殉教者和死囚的呜咽哭泣，
无疑是使他陶醉的交响乐，
虽然他们要为快乐付出鲜血，
上天却一点都不感到称心满意！

——啊！耶稣，你可记得那座橄榄园？
当卑劣的刽子手在你肉体上敲钉，
天上那一位闻声，不免笑盈盈，
你跪在地上祈祷，纯朴而简单，

当你看到那一帮看守和厨子
乱吐唾沫，亵渎你的无上神明，

157

---

* 本篇最初发表于1852年10月的《巴黎评论》，后收入《恶之花》第二版列为第
  118首。据《圣经》，耶稣被捕后，彼得三次不承认认识耶稣。历来的文学作品
  把天主写成暴君，以示无神论。波德莱尔的创新之处还在于第27行诗所写的反
  悔，表明人睁开了眼睛，进行复仇。

当你感到荆冠的刺深深戳进
你那无限仁慈活跃的脑子里；

当你遍体鳞伤，可怕的体重
拉长你张开的双臂，你的血和汗
从你煞白的额角流下你的脸，
当你像靶子一样，被拖出示众，

你可想起那些辉煌美好的日子，
那时，你要履行永远的诺言，
你骑上温驯的驴子，缓步向前，
道路上铺满了无数鲜花和树枝。

那时，你的心充满希望和勇气，
你挥起臂膀鞭打卑劣的商人，
你终于成了主宰？你可会后悔，
它比长枪更早扎进你的肚里？

——当然，至于我，我会满意地摆脱
行动与梦想不一致的人世；
但愿我能使用剑，又被剑杀死！
圣彼得否认了耶稣……他做得不错！

献给撒旦的连祷*

你啊，在天使中最美，最有学问，
被命运出卖、缺乏赞美的天神，

撒旦啊，请可怜我漫长的不幸！

噢，流亡的王子，你遭到了伤害，
虽被打败，却总是恢复得更帅，

撒旦啊，请可怜我漫长的不幸！

你无所不知，地狱的伟大国王，
人类的苦恼常常给它一扫而光，

撒旦啊，请可怜我漫长的不幸！

甚至麻风病人，受诅咒的贱民，
你也以爱让他们向往天堂美景，

叛逆

159

---

* 本篇最初发表于《恶之花》初版中，后收入第二版列为第120首。诗人赞赏和同
情撒旦，他被战败，但不退位，他是不可制服的毅力的形象。

撒旦啊，请可怜我漫长的不幸！

噢，你跟你强壮的老情妇死神，
生下了希望—— 一个甜蜜的疯女人！

撒旦啊，请可怜我漫长的不幸！

你让流亡者平静高傲的目光
使断头台周围的民众诚恐诚惶，

撒旦啊，请可怜我漫长的不幸！

你知道爱嫉妒的天主把宝石
藏在爱财大地的哪个角落里，

撒旦啊，请可怜我漫长的不幸！

你的明亮目光能够——洞见
深埋在地下的大量金属矿产，

撒旦啊，请可怜我漫长的不幸！

你的大手挡住了坠落的危险，
梦游症患者徘徊在大楼边沿，

撒旦啊，请可怜我漫长的不幸！

迟归的醉汉受到了马蹄践踏，
你神奇地让他的老骨头柔滑，

撒旦啊，请可怜我漫长的不幸！

为了安慰脆弱的人不要悲戚，
你教会我们掺和硫黄与硝石，

撒旦啊，请可怜我漫长的不幸！

噢，灵活的同谋，你把你的印记
打进无情卑劣的克罗伊斯①的头皮，

撒旦啊，请可怜我漫长的不幸！

你把崇拜伤口、热爱烂衫破衣
植入少女的眼睛里和心灵里，

撒旦啊，请可怜我漫长的不幸！

---

① 克罗伊斯，吕底亚末代国王（前595—前546），他的巨富来自金沙，后被居鲁士
打败，被判火刑烧死。

流亡者的拐杖，发明家的台烛，
绞刑犯和密谋犯的忏悔神父，

撒旦啊，请可怜我漫长的不幸！

你是这样一些人的养父，天王
震怒中把他们从人间乐园逐出，

撒旦啊，请可怜我漫长的不幸！

祈祷
撒旦，在你统治过的天上，还是
失败后沉思默想的地狱之底，
愿你获得光荣，愿你获得赞叹！
在智慧树下，让我的灵魂有一天
在你旁边安息，智慧树的树枝
像座新神庙，向你的额头纷披！

死亡
La Mort

情侣之死*

我们将有香喷喷的床铺，
长沙发像坟墓一样深邃，
在棚架上将为我们孕育
别有洞天下的奇花异卉。

我俩的心将是巨大火炬，
竞相把余热尽情来发挥，
我们的头脑是明镜两副，
映照出火炬的双重光辉。

夜晚，红色、神秘蓝色交织，
我们仅仅交换闪光一次，
像充满离愁的一声长叹；

随后，一个天使打开房门，
它忠诚和快乐，前来点燃
熄灭的火，拭去镜的灰尘。

---

* 本篇最初发表于1851年4月9日的《议会通讯》，后收入《恶之花》第二版列为
第121首（《死亡》部分）。法国作曲家德彪西曾将这首诗谱曲。这首十音节的
十四行诗押韵方式为：abab, abab, ccd, ede。

穷人之死*

唉！这是死神给人安慰，让人生存，
这是人生的目标、唯一的希望，
像药酒一样，使我们陶醉、振奋，
它让我们赶夜路也气足胆壮；

这是透过暴风雨、霜雪的滋润，
在我们黑暗的地平线颤动的光；
这是那著名的旅店，典籍①写得真，
人们可以在那里吃饭、睡觉、平躺；

这是一个天使，手指具有磁性，
掌握睡眠和醉人好梦的礼品，
它给赤身露体的穷人整理床铺；

---

* 本篇直接发表于《恶之花》初版中，后收入第二版列为第122首。据考，它受到
戈蒂埃的《生活中的死神》和《黑暗》的启发，曾由莫里斯·拉威尔谱成曲子。
这首十四行诗的押韵方式为：abab, abab, ccd, eed。

① 《路加福音》第10章写到，有一个人落在强盗手中，被剥掉衣服，打得半死，
丢在路边。唯有一个撒马利亚人行路经过那里，看见他就动了慈心，上前
用油和酒倒在他的伤处，包裹好了，扶他骑上自己的牲口，带到店里去照
应他。

这是天神的光荣，神秘的谷仓，
这是穷人的钱袋，古老的故乡，
这是通向未知的天国的廊柱。

艺术家之死*

阴郁的漫画啊，我需要多少次
摇动我的铃铛，吻你的低额头？
为了把本质神秘的靶心穿透，
箭筒啊，需要多少箭白白损失？

我们运用脑子，策划神机妙计，
我们要把沉重的构架都拆走，
然后才能看到伟大作品长留，
这强烈愿望使我们呜咽啜泣！

有的人从不了解他们的偶像，
这些该死的、受耻辱的雕刻家，
要捶胸顿足，将自己的额角拍打，

169

---

* 本篇发表于1851年4月9日的《议会通讯》，1861年的定稿做了不少改动，收入
《恶之花》第二版列为第123首。据分析，与天使的斗争是要征服美，它构成艺
术家的生命。他要越过表面，猜出他幻想达到的柏拉图的典范特征，然而他只能
猜出部分特征。这首十四行诗押韵方式为：abba，abba，cdd，cee。

只有古怪阴森的神殿①是希望！
因为死神像新的太阳在翱翔，
使他们的头脑里面百花争妍！

---

① 罗马卡皮托利欧山上的朱庇特神庙。古代，胜利者的战车可以来到此地，它象
　征艺术的殿堂。

一天的结束*

在苍白的光线下面，
无耻而喧嚣的人生
没缘由地扭、舞、跑、颠。
因此，欢愉之夜升腾。

在地平线上，一切，甚至
饥饿也都消失缓解，
抹去一切，甚至羞耻，
诗人心里在想："算了！

"我的精神好像脊柱，
强烈要休息，去疲劳，
我的心被噩梦缠住，

"我要仰面朝天躺倒，
裹在你的夜幕里边，
噢，凉爽宜人的黑暗！"

死亡

171

---
* 本篇发表于1867年1月1日的《19世纪评论》，曾收入《恶之花》第二版，列为
第124首，创作于1860年秋。这首八音节的十四行诗押韵方式为：abab, cdcd,
efe, fgg。

怪人之梦*

献给F. N.①

你是不是像我理解苦中作乐，
而且让别人说你："噢！真是怪人！"②
——我们行将就木。欲望混杂着惊骇，
这种怪病，在我多情心中存身；

苦闷，强烈希望，情绪并无叛逆。
命运的沙漏要漏得一无所存，
我的折磨更加强烈，也更自得；
我整个心摆脱了熟稔的世人。

我如同非常喜欢看戏的孩子，
不爱幕布落下，像恨障碍矗立……
冷酷无情的真相终于大白：

---

* 本篇最初发表于1860年5月25日的《现代评论》，后收入《恶之花》第二版列为
  第125首。这首十四行诗的押韵方式为：abab, abab, ccd, ede。
① F. N. 指摄影家费利克斯·纳达尔（1820—1910），从1844年起认识诗人。
② 诗人也被人称为"怪人"。

我死了，毫不足怪，可怕的朝阳
把我包裹。——怎么！结果是这样坏？
幕布已经拉开，我仍然在期望。

死亡

175

旅行*

献给马克西姆·杜冈①

一

对于喜爱地图和版画的孩子，
宇宙和他的大肚量不差多少。
啊！世界在灯光之下多么壮丽！
而在回忆看来，世界多么渺小！

我们一早出发，头脑充满激情，
心里充满怨恨和愁苦的热狂，
我们随着波浪的节奏向前进，
我们的无限在有限的海上荡漾：

有的人庆幸逃出卑劣的国家；
还有的庆幸逃离故乡的恐怖，

---

* 本篇最初发表于1859年4月10日的《法国评论》，后收入《恶之花》第二版列为
第126首。这是《恶之花》中最长的一首诗，诗集的大半题材都能从中找到，可
看作《恶之花》的浓缩。交叉押韵。

① 杜冈（1822—1894），他在《现代之歌》中赞美发明了蒸汽、电、煤气、火车
头，认为这是进步。波德莱尔持不同意见，认为文明的标志在于"原罪痕迹的
减少"。

有些是迷恋女人眼睛的占星家①，
喀尔刻②拥有危险香水，专横跋扈。

为了不致变成畜生，他们沉醉
长空、丽日和炎热似火的天宇；
冰刺痛他们，太阳把他们晒黑，
它们把吻印慢慢地全部消除。

但是，真正的旅行家目的单纯，
只为旅行，心情轻松，好似气球，
他们永远不摆脱自己的命运，
而且不知何故，常说："快去旅游！"

他们的愿望如同云彩的变幻，
他们好像新兵一样梦想大炮，
憧憬强烈、多变和未知的快感，
它的名字人类智力从不知晓！

二
真可怕！我们模仿跳舞的陀螺
和蹦跳的球，甚至在酣睡之际，

---

① 拉封丹的诗《掉在井里的占星家》写到，情人像个占星家，因为他的情妇眼睛
　像星星，是永恒观赏的对象。
② 在《奥德修纪》中，喀尔刻把奥德修斯的同伴变成猪。奥德修斯让喀尔刻爱上
　自己，让她将同伴恢复原形。喀尔刻指危险的女人。

好奇心仍把我们折磨和颠簸，
好似无情的天使在抽打红日。

古怪的命运，它的目标多变化，
哪里都不停留，可以随遇而安！
世人总是不厌烦地期待命大，
为了获得休息，像疯子团团转！

我们的心灵是一艘三桅快艇，
寻找伊加利亚①，甲板上响起："快看！"
桅楼上传来热烈疯狂的声音：
"爱情……荣誉……幸福！"倒霉！遇到暗礁！

瞭望者指点的每一个小岛，
都是命运允诺的一个黄金国；
想象之中我们正在欢宴吵闹，
其实只遇到暗礁，被晨曦包裹。

噢，憧憬幻想之国的可怜情人，
这个喝醉的水手，发现了美洲，
美洲的幻影使深渊变得更阴森，
难道要把他锁住，往大海一投？

---

① 伊加利亚，法国空想共产主义者卡贝于1840年发表乌托邦小说《伊加利亚旅行记》，并到美国进行建立伊加利亚公社的试验，未获成功。

他像老流浪汉，跋涉在泥泞里，
仰望天空，光辉的天堂迷住他，
凡是只有蜡烛照亮的破房子，
他迷幻的眼睛发现是卡普亚①。

三
卓越的旅行者！你的眼深似海，
我们从中看到多么崇高的历史！
请把藏着丰富回忆的宝盒打开，
这些珍宝，由星星和大气编织。

我们想去旅行，不坐帆船、轮船！
为了驱除我们坐牢似的烦恼，
请将你们把天际包容的忆念，
映照在我们像画布展开的头脑。

你们见到了什么？

四
　　　　　"我们见过繁星
和波浪；我们也见过海边沙滩；
尽管常遇到撞击和意外不幸，

① 卡普亚，又译卡普阿，意大利城市，古城约建于公元前7世纪，公元前3世纪与
罗马联合，曾被汉尼拔占领，在456年和480年毁坏过两次。

死亡

我们却像在这里常感到厌烦。

"在紫色的海洋上，太阳的光芒
和落日余晖之中城市的美景
在我们心里燃起不安和热狂，
要投身到天空诱人的水中幻影。

"最富丽的城市，最壮美的风景，
都从未具有这种神秘的魅力，
像云彩偶然组成的奇异图形。
而欲望总是使我们满腹忧思！

"——享受为欲望增添了生命活力，
快乐作为肥料的老树——欲望，
待你的树皮变得又厚又硬时，
你的树枝便想更近见到阳光！

"你这棵大树比柏树更有活力，
还要长高吗？——但我们非常仔细，
为你们多多益善的画册将画搜集，
来自远方的都是它们的好兄弟！

"我们顶礼膜拜过长鼻偶像①，

---

① 长鼻偶像，印度神话中的智慧神伽尼娑，象头神，又译群主，有长长的象鼻，
　旅人求他保佑平安。诗人受到戈蒂埃所写故事《毗湿奴的化身》的启发。

闪光熠熠的珍宝镶嵌的王座、
精美的宫殿、仙境一般的排场，
对银行家来说，破产梦里才见过；

　"我们致意过使人迷醉的衣服，
牙齿和指甲都染了色的女子，
巧妙的耍蛇人，他们任蛇爱抚。"

五
其次还有什么？

六
　　　　"噢，头脑多幼稚！

　"为了不致忘却头等重要的事，
我们没有寻找，却到处都看见，
从命运之梯的顶端直到梯底，
那永生之罪令人讨厌的场面：

　"女人是低贱的奴隶，愚蠢傲慢，
自敬而不自嘲，自爱而不自卑，
男人是暴君，饕餮、淫荡、无情、贪婪，
奴隶中的奴隶，阴沟中的脏水；

　"刽子手在享受，殉教者在痛哭，

鲜血给欢宴调味和增加香醇；
权力的毒药刺激着专制君主，
而喜爱鞭打的民众变得愚钝；

　"好几种宗教酷似我们的信念，
全都希望上天堂；而那些圣者，
像讲究的人躺在鸭绒垫上面，
从钉板和鬃衣中寻找修行之乐；

　"好唠叨的人类，自我迷醉于才干，
现在与从前一样，像一个疯子，
临终时仍狂怒不已，向天主叫喊：
　'噢，我的主，你我一样，我诅咒你！'

　"并不愚蠢的人，大胆热爱疯狂，
逃脱被命运圈住的广大畜群，
在浩瀚无垠的鸦片烟中躲藏，
——这就是整个地球的永恒要闻。"

七

从旅行中获得知识多么悲伤！
单调而狭小的世界，昨天，今日，
明朝，总是让我们见到自己形象：
一块恐怖绿洲困在烦恼沙漠里！

应该走掉还是留下？能留则栖，
该走就走。有人奔波，有人滞留，
为了躲避这机警、不祥的大敌[1]，
时间！唉！有些人要不停地奔走，

像流浪的犹太人[2]，又像使徒们，
不论坐车乘船，他们仍然无法
逃避这卑劣的角斗士；还有人
善于消磨时间，不用离开老家。

最后，当时间踩在我们的背上，
我们定会满怀希望，喊道："前进！"
同当年我们前往中国时那样，
眼睛凝望大海，头发飘拂不定，

我们要乘船向黑暗之海航行，
怀着年轻的乘客快乐的心情。
你是否听到这迷人、不祥的声音
歌唱："从这儿走！你们很想品评

"喷香的忘忧果！你们的心渴望
这种珍奇果实，就在这里采撷；

---

① 参阅《大敌》。
② 据《圣经》，一石匠不让耶稣坐下歇息，被罚永生永世行走。

这儿的下午无尽无休地漫长，
温馨奇妙，你们可以尽情沉醉！"

从熟悉的声音，我们认出这是幽灵，
我们的皮拉得斯①在那边迎候。
"划向厄勒克特拉②，宽解你的心！"
一个女人说，我们吻过她的膝头。

八

噢，死神，老船长，是时候，该起锚！
此地我们已厌倦，死神，快开船！
天空和大海黑得像墨汁蘸饱，
我们的心你了解，亮光已充满！

请斟满毒汁，让我们得到慰藉！
我们头脑多么狂热，一心想要
跳进深渊、地狱或天堂都没关系！
跳进未知领域，找到新颖之宝！

①　皮拉得斯，希腊神话人物，俄瑞斯忒斯的挚友，两人一起从陶里斯取回神像。
②　厄勒克特拉，希腊神话人物，皮拉得斯之妻，俄瑞斯忒斯的姐姐，她救出了俄瑞斯忒斯，后来两人为父报了仇。

增补诗

Pièces

反叛者*

愤怒的天使像老鹰从天而降，
一把牢牢抓住异教徒的头发，
摇着他说："你要懂教规！非得这样！
（因为我是你的保护神，明白吗？）

"必须善于热爱穷人、驼背、恶人
和白痴，千万不要扮出个鬼脸，
以便在耶稣经过的时候，你能
用仁慈织成一条胜利的地毯。

"这就是爱。趁你的心还没生厌，
重新激起对天主的颂扬迷恋；
这是真正的快乐，有持久魅力！"

说实话，天使既会爱，也会惩罚，
用他的巨拳将革除教门者痛打；
但下地狱者总是回答："我不愿意！"

* 本篇最初发表于1861年4月15日的《欧洲评论》，后收入1868年《恶之花》第三版的增补诗中。普拉隆认为这首诗写于1843年末以前。这首十四行诗的押韵方式为：abab, cdcd, eef, ggf.

增补诗

静思*

乖一些，我的痛苦，要保持安静。
你一直企求黄昏；如今它来到：
一种幽暗的气氛把城市包紧，
给有的人宁静，给有的人烦恼。

正当黑压压一大群卑污的人
在欢乐这无情刽子手的鞭下，
到可鄙的节庆中去采摘悔恨，
我的痛苦，伸手给我，这边来吧，

远离他们。你看已逝去的年代，
身穿过时长袍，凭倚天的阳台；
微笑的怀念从水底冒出、飘荡；

垂死的太阳在桥拱下面睡熟，
如同长长的尸布拖曳在东方，
亲爱的，你听温柔的夜在漫步。①

---

* 本篇最初发表于1861年11月1日的《欧洲杂志》，后收入《恶之花》第三版。这
首十四行诗的押韵方式为：abab, cdcd, eef, gfg。
① 诗人指出后两节诗借鉴了朗费罗的《夜的赞歌》和《夜之声》。

深渊*

帕斯卡尔①有个随他移动的深渊，
——唉！一切是深渊，——行动、愿望、梦想、
话语！在我笔直竖起的汗毛上，
我多次感到恐怖的罡风吹遍。

上下到处都是沙滩，深渊万丈，
死寂，可怕而又吸引人的空间……
天主在我的黑夜深处妙笔一添，
画出噩梦，变幻不定，持续绵长。

我怕睡眠，就像别人害怕大洞，
它不知通往何处，恐怖而朦胧；
我从所有窗口仅仅看见"无限"，

---

* 本篇最初发表于1862年3月1日的《艺术家》，后收入《恶之花》第三版的增补
诗。诗人在《私人日记》中说："在精神和肉体方面，我总有深渊的感觉，不仅
是睡眠的深渊，而且有行动、梦想、回忆、愿望、怀念、悔恨、美、数目等等的
深渊。"这首十四行诗的押韵方式为：abba，baab，ccd，eed。
① 帕斯卡尔（1623—1662），法国数学家、哲学家，著有《思想录》《外省人信
札》等，他总是以为自己左边有个深渊。

我的头脑总是感到昏眩袭来，
我的无动于衷渴望着虚无永在。
——啊！永远走不出"数目"与"存在"之圈！

莱斯沃斯*

拉丁人游戏和希腊人欢乐之母，
莱斯沃斯，那儿，亲吻疲软或欢快，
像太阳般热烈，像西瓜沁肺腑，
使黑夜和白天都是熠熠光彩；
拉丁人游戏和希腊人欢乐之母，

莱斯沃斯，那儿，亲吻就像瀑布！
一往无前注入不见底的深渊，
奔流不息，发出阵阵叫声、号哭，
有时狂暴神秘，有时汹涌沉绵，
莱斯沃斯，那儿，亲吻就像瀑布！

莱斯沃斯，那儿，名妓①互敬互爱，
那儿，叹息从不会得不到回声，

---

* 本篇最初发表于1850年的《爱情诗人》，1857年收入《恶之花》时，属于被法院
判决应删去的六首禁诗之一。莱斯沃斯，旧译累斯博斯，爱琴海的一座小岛，属
希腊，又称米蒂利尼。古希腊女诗人萨福住在该岛，与女弟子唱和。这首诗列入
诗人在1845年至1847年预告出版的诗集《莱斯沃斯女岛民》（意为"搞同性恋的
女人"）中。一、三、五和二、四句押韵，一、五句还重复。
① 原文为弗丽奈（复数），公元前4世纪希腊名妓，雕刻家伯拉克西特列斯的情
人，充当他的模特。

繁星像对帕福斯①一样对你崇拜，
维纳斯嫉妒萨福可名正言顺！
莱斯沃斯，那儿，名妓互敬互爱，

莱斯沃斯，夜晚燥热、倦人之地，
夜里，深眼窝的少女对着明镜，
郁郁寡欢，欣赏着自己的躯体，
抚摩这成熟的果实——已到婚龄；
莱斯沃斯，夜晚燥热、倦人之地，

让老柏拉图皱起严厉的眉梢；
温柔乡的女王，可爱高贵的地方，
虽然你亲吻过度，你生活精巧，
花样层出不穷，但你得到原谅。
让老柏拉图皱起严厉的眉梢。

你得到原谅，因为受过无限苦痛，
还不停地受过勃勃野心的折磨，
眉开眼笑，在九重天外显得朦胧，
虽然远离我们，却暖人心窝！
你得到原谅，因为受过无限苦痛！

哪个天神，莱斯沃斯，敢对你数落，

---

① 帕福斯是塞浦路斯的古都，以维纳斯神庙闻名。

对你劳累过度的额头兴师问罪，
如果他的黄金天平没有称过
你的小溪注入海中的大量泪水？
哪个天神，莱斯沃斯，敢对你数落？

评判是非的法律与我们何干？
心地崇高的处女，群岛海①的荣誉，
你们的宗教同别的一样庄严，
爱情既嘲笑天堂，也嘲笑地狱，
评判是非的法律与我们何干？

因为莱斯沃斯从世人中把我选出，
为了歌唱它妙龄处女的奥秘，
对于狂笑和痛哭的此起彼伏，
我从童年起就了解丑恶秘密。
因为莱斯沃斯从世人中把我选出。

此后我守望在琉卡第岛②之顶，
像一个目光锐利准确的岗哨，
日夜监视双桅、单桅帆船或快艇，
它们的形状在远空左摆右摇，
此后我守望在琉卡第岛之顶，

---

① 群岛海即爱琴海。
② 琉卡第岛，亦译勒卡特岛，伊奥尼亚海中的一座小岛。

想知道大海是否宽容和慈悲，
在悬崖回荡的波涛呜咽中间，
有一晚受敬爱的萨福尸体漂回，
仁慈的莱斯沃斯，她沉下海面，
想知道大海是否宽容和慈悲！

男性化的萨福，多情的女诗人，
脸色苍白阴郁，比维纳斯更甜，
——蓝眼睛不及黑眼睛明亮清纯，
痛苦在她眼边留下黑色一圈，
男性化的萨福，多情的女诗人！

——比傲立人间的维纳斯更美艳，
将她的宁静这种珍贵的天分
和她黄金般的青春闪光点点，
倾注给那迷恋女儿的老海神，
比傲立人间的维纳斯更美艳！

——萨福在她亵渎神灵那天逝世，
她侮辱了仪式和新建立的崇信，
她把美丽的身体当作佳肴美食
献给暴徒，他的傲慢惩治大不敬，
萨福在她亵渎神灵那天逝世。

从那时起，莱斯沃斯哀伤悲叹，
虽然全世界都对她表示尊重，
它每夜都沉醉于痛苦的叫喊，
荒凉的海岸把喊声掷向天空！
从那时起，莱斯沃斯哀伤悲叹！

忘川*

靠在我的心上，残酷、装聋的人，
我所爱的老虎，懒洋洋的妖怪；
我要把战抖的手指久久插在
你的浓发之中，它那样黑沉沉；

我疼痛的脑袋要找地方安枕，
钻进你芳香扑鼻的衬裙下方，①
仿佛要闻一朵已枯萎的花香，
吸入我往日爱情的奇异清芬。

我想入睡！我想安眠，并非生存！
在如同死亡一样甜蜜的梦里，
对着青铜般光滑的美丽躯体，
我毫无悔恨地洒遍我的热吻。

---

* 本篇发表于《恶之花》初版中，属于被法院判决应删去的六首禁诗之一。忘川为
  希腊神话中冥府之河，饮了河水即忘却往事。押韵方式为abba。
① 这两行诗曾使当时的读者激动，但不属于法院指责的诗句。法院认为最后一节
  诗的裸体形象有伤风化。

为了咽下我已经平复的啜泣，
什么也比不上你的卧床之渊；
强烈的健忘栖息在你的嘴边，
忘川之水流淌在你的亲吻里。

今后我要像个命中注定的人，
我的乐趣就是听从命运安排，
像驯顺的殉教者，无辜的囚犯，
由于狂热而受到了严刑拷问，

为了消解我的哀怨，我要吮吸
消愁药①和制成剧毒药的毒芹，
就在圆鼓鼓乳房的迷人尖顶，
这乳房从来不束缚她的心思。

---

① 消愁药，典出《奥德修纪》，和在酒里，可以忘却一切忧愁。

献给过分快活的女子*

你的仪态、举止、面孔，
好像美景一样秀丽；
你的脸上漾起笑意，
有如清风掠过晴空。

忧郁的人擦肩而过，
看到你身体真健康，
手臂和肩膀像发光，
便目眩神迷无所措。

你在自己的衣服上
撒满了响亮的色彩，
促使诗人们的脑海
出现万花齐舞景象。

这不可思议的裙子，
象征你驳杂的精神；

199

---

* 本篇于1852年12月9日未具名寄给萨巴蒂埃夫人，发表于《恶之花》初版中，属
于被法院判决应删去的六首禁诗之一。八音节诗，押韵方式为abba。

我着迷的疯癫女人，
我既恨你，又很爱你！

有时，在美丽的花园，
我拖着迟钝的身子，
我感到太阳像讽刺，
将我的胸撕成碎片；

而且春天和那绿树
大大挫伤了我心窝，
我便采下鲜花一朵，
惩罚大自然的可恶。

因此，我想有天夜里，
待享乐的时刻敲响，
我像个胆小鬼一样，
悄然走近你的玉体，

惩罚你寻欢的皮肉，
压伤你坦荡的胸脯，
在你惶惶然的腹部
造成宽而深的伤口，

真是令人分外销魂！
通过格外美丽、鲜艳、
那毫无经验的唇边，
输入毒液①，我的丽人！

---

① 法官们认为在最后两节诗中有残忍而淫秽的含义。"毒液"在这里指的其实是
忧郁、愁闷。

首饰*

心上人赤裸裸，她了解我心地，
唯有叮当响的首饰佩戴身上，
名贵装饰使她神情非常得意，
像摩尔人女奴得宠时的模样。

首饰摆动发出尖利嘲弄声响，
这种金属和宝石的闪光物体
使我心醉神迷，我狂热地爱上
这种声音和光彩混合的东西。

于是她躺倒在床上，任凭抚摩，
从长沙发上快意地露出笑容，
回报我的一往情深，就像海波
升向巉岩一样，不断向她狂涌。

她像只驯服的老虎将我凝视，
茫然而又梦幻似的多姿多彩，

〈 恶之花 波德莱尔作品菁华集 〉·

---

* 本篇发表于《恶之花》初版中，属于被法院判决应删去的六首禁诗之一。诗歌描
写对象是让娜·迪瓦尔。交叉押韵。

那种天真无邪跟淫荡的合一，
给她的变形带来了新的媚态；

她的手臂和小腿，大腿和腰肢，
光滑有如油脂，起伏有如天鹅，
在我明澈而平静的眼前摇曳；
她的肚子和乳房，我园子的硕果，

挺向前来，比堕落天使更多情，
一心想扰乱我的灵魂的休息，
要把我的平静而孤寂的心灵
从安坐的水晶悬崖勾引下地。

增补诗

203

我似乎看到了一幅油画新作，
安提俄珀①的腰安上少年胸部，
这种腰身使骨盆变得更显豁。
黄褐色的脸涂脂抹粉红扑扑！

——油灯终于点尽，火苗最后消失，
唯有壁炉的火照亮这个房间，
当它吐出明晃晃的一声叹息，
她琥珀色的皮肤便染得红艳艳。

---

① 安提俄珀，希腊神话中底比斯王之女，宙斯趁她睡熟之际化身为羊人奸污了
她，后来她生下了安菲翁。意大利画家柯勒乔、法国画家华托和安格尔都以此
为题作画。

喷泉*

你的秀目已有倦意，
可怜的人！请别睁开，
长久保持这种倦姿，
其中乐趣你感意外。
院中喷泉响声潺潺，
日日夜夜不肯沉默，
轻轻保持我在今晚
迷醉于爱情的快乐。

水柱朝上喷，
千朵盛开，
福柏①喜万分，
揉入五彩，
似泪雨纷纷，
洒落下来。

你的心灵也是如此，

﹁恶之花　波德莱尔作品菁华集﹂·

---

* 本篇最初发表于1865年7月8日的《小杂志》，后收入增补诗。德彪西曾为此诗
  谱曲。
① 福柏，天神与地神之女，后世又把她看作月神狄安娜。

欢乐电光燃成通红，
迅疾而勇猛地飞起，
朝向那迷人的长空。
随后化作哀愁慵倦，
气息奄奄，纷纷倾注，
沿着看不见的坡面，
一直落到我心深处。

水柱朝上喷，
千朵盛开，
福柏喜万分。
揉入五彩，
似泪雨纷纷，
洒落下来。

夜晚使你多么俊俏，
俯向你胸前去倾听
水池中永恒的牢骚，
对我来说何等温馨！
美好的夜，响泉，月亮，
周围簌簌响的树林，
你们那纯洁的惆怅，
就是我爱情的明镜。

水柱朝上喷，
　千朵盛开，
福柏喜万分，
　揉入五彩，
似泪雨纷纷，
　洒落下来。

赞歌*

最可爱最美的姑娘，
使我的心充满光明，
这位天使，不朽偶像，
敬祝她能后世留名！

她仿佛是带盐的风，
散布到我的生命里，
在我不知足的心中，
注入了永恒的爱意。

这个能常新的香袋
使我可爱的破屋生香，
这个香炉无人理睬，
轻烟在黑夜中飘荡，

不变的爱情，怎样能
忠实描绘你的身影？

---

* 本篇最初发表于1857年11月15日的《现今》杂志，写于1854年5月8日，附在寄
给萨巴蒂埃大人的信中。八音节诗，交叉押韵。

麝香颗粒暗不可分，
藏在我永恒的内心！

最善良、最美的姑娘，
使我健康和喜盈盈，
这位天使，不朽偶像，
敬祝她能后世留名！

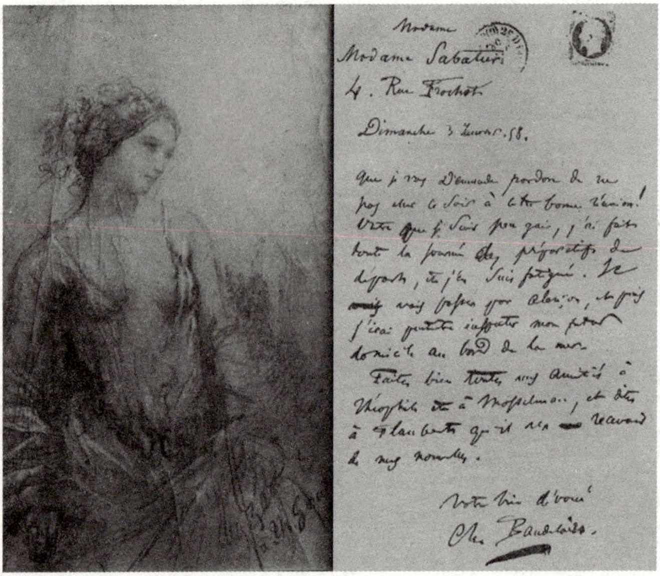

"博集典藏馆" 书目